Les Vertiges de la Fortune

Gérard Pouillot

Les Vertiges de la Fortune

Roman

Éditions Le Manuscrit

www.manuscrit.com

ISBN : 978-2-304-02628-3 (livre imprimé)
ISBN 13 : 9782304026283 (livre imprimé)
ISBN : 978-2-304-02629-0 (livre numérique)
ISBN 13 : 9782304026290 (livre numérique)

Agathe

I

Je suis une enfant du calendrier. On m'a prénommée Agathe juste parce le hasard a voulu que je sorte du ventre de ma mère en un 5 février de l'an 1964. Quelle aubaine que je ne me sois pas annoncée le 18 ! J'écopais de Bernadette ou pire le 27, je touchais le gros lot avec Honorine ! Je suppose que c'est ma mère qui a patronné ce choix, tant cette femme est privée d'initiative ! Plus je l'observe, moins je la vois ; elle est si transparente, ma génitrice, qu'elle s'évanouit sous mon regard. Plus je l'écoute, moins je l'entends : une discrète, une diaphane, un éteignoir, un couvre-feu, une inaudible ! Si je me suis retrouvée cloîtrée avec elle depuis quinze ans, c'est uniquement par suite de son conformisme et incapacité crasse à affirmer sa volonté propre ; volonté propre c'est-à-dire l'expression de son désir intime, non pas ce que ses lèvres gercées ont bredouillé par défaut d'idée personnelle... Ses lèvres, si l'on peut dire ! Sa bouche est dotée d'une circonférence de pelures blanchâtres qui vous râpent à chaque embrassade. Lorsqu'eux deux ont divorcé, que papa lui a posé la question de la garde des enfants, elle a dû répondre sottement de sa voix pâle et morne. « Voyons Jérôme, c'est toujours à la maman de prendre soins des enfants. Il en est ainsi, c'est la coutume. Du reste, il est inenvisageable de séparer les deux sœurs. Ce serait contre nature et contre les usages.» Sans sa répugnante hypocrisie, il est totalement évident qu'elle aurait choisi de garder sa Justine pour elle toute seule. Son cœur aurait répondu ainsi. Elle l'a toujours préférée, cette godiche de sœur, cette frangine déplorable qui moralement lui est semblable. Toutes deux forment sans conteste une paire de gouttes d'eau : incolores, inodores, insipides. Cette gourde empesée, avec ses petites jupes plissées, son mignon corsage blanc à col Claudine, fagotée comme une jeune fille de pensionnat, on s'attend d'elle à une révérence pour chacun de ses interlocuteurs. Sexuellement, elle est aussi attirante qu'un évier en inox aseptisé à l'eau de Javel, de sorte que malgré son prénom, elle n'encourt nul risque de subir les malheurs de la vertu. Qui donc songerait à lui caresser le menton ou aller lui effeuiller sa petite marguerite ? Sûrement pas le Divin Marquis. Longtemps j'ai parié qu'elle aurait couru se consoler de sa morne existence sous les voûtes apaisantes d'un couvent, maintenant je crains que même pour un tel emploi, sa candidature ne soit éconduite.

Face à une telle vacuité flasque assimilable à une crotte de chien, j'ai longtemps hésité sur l'attitude à adopter. Si par une sorte de sadisme compatissant, tu marches dessus en l'écrasant avec insistance, tu en seras quitte pour t'être sali la chaussure. Si au contraire, l'apercevant de loin, tu l'évites par un long détour, tu auras ralenti ta marche et consacré une attention démesurée à une non-existence. L'attitude la plus sage consiste à ignorer sa présence.

Au moins mon exécrable laide-mère, mon ignoble marâtre, je la hais avec force. La haine, un beau sentiment plein et complet, concret et agissant, à l'opposé de l'indifférence molle ressentie à l'égard de ma mère et de sa fille, laquelle fait accessoirement office de sœur. Très accessoirement, car je ne lui parle presque jamais. Quand je tente de le faire, sa réponse met un tel temps à cheminer de son ersatz de cerveau à ses lèvres que j'ai le temps de feuilleter plusieurs pages Ciné-Revue ou de m'attarder sur une de mes vedettes favorites. Il faut avouer que contempler la sublime silhouette d'Alain Delon est plus excitant que de converser avec cette fadeur quasi asexuée. C'est simple, en dépit de notre domicile commun, on ne se fréquente pas.

Pourtant, il est sûr que les deux pâlichonnes de la maison n'ont jamais cherché à me nuire, ne m'ont ni attaquée, ni rien tenté de concret contre moi. Ni d'abstrait du reste, tant l'idée de s'opposer leur est étrangère. Le voudraient-elles, les pauvrettes, qu'elles ne sauraient comment s'y prendre. Maman peut être qualifiée de brave femme, quant à Justine c'est une ainée dévouée. Non, si je suis si acerbe contre ces créatures, c'est tout bonnement qu'elles m'horripilent. Puis, pour être franche, elles ont surtout formé écran entre moi et mon père, la seule personne que j'aie jamais aimée. Papa, trop tard hélas pour te crier que j'aurais voulu continuer à t'avoir tout près de moi, à te regarder vivre, agir, briller. Mon cher petit père, pourquoi lors de ton divorce, ne m'a tu pas admise dans ton nouveau foyer ? Tu connaissais mon amour, mon admiration, ma fidélité. Sans doute, te sentais-tu coupable de cette rupture, tu as alors laissé filer les choses en n'osant me garder seule à tes côtés. Du fait des circonstances, tu as jugé que cela faisait grand seigneur de ne rien revendiquer à ta totoche. Tant pis mon petit Papa, où que tu sois à cette heure, je te pardonne. Au cou, je conserve avec émotion le diamant que tu m'as offert, tout au bout de sa chaine d'or blanc. Ce n'est pas à Justine que tu aurais destiné pareil cadeau, tu ne l'aimais pas assez, tu ne l'aimais presque pas. C'est moi seule que tu aimais : pas la place pour deux dans ce secteur. Ce diamant, il vaut le prix d'une voiture de luxe ; comme moi tu exaltais l'apparat, raffolais du somptueux, vénérais l'éblouissant. Par ce geste fastueux, tu voulais associer celle que tu chérissais à ce que tu chérissais.

Malgré ma mémoire embrumée, j'essaie de reconstituer ce maudit puzzle par lequel les fragments de mon existence se sont pas à pas ébréchés. Par souci de simplification, commençons au début, c'est à dire à l'âge du nourrisson, cette période gnangnante où il est d'usage que la mère bêtifie devant sa création. On prétend que les derniers nés seraient favorisés par rapport à leurs ainés. Pure affabulation, moi qui suis la benjamine, j'affirme que ma mère ne m'a jamais gâtée. Je parierais que la malheureuse, qui se noie dans un verre à dent de poupée, s'est trouvée débordée lorsque je me suis annoncée au portillon. Ébahie de surcroit, car une gourde de son genre n'avait sans doute pas enregistré le lien précis entre copulation et population. Supplément d'infortune, je n'étais pas du sexe masculin. Selon son esprit ordonné, il aurait dû y avoir alternance et non symétrie. Évidemment, sur le plan matériel, elle ne me privait de rien dans la limite de ses trop modestes ressources. Mais affectivement, ma mère n'en avait que pour Justine, la chouchoute officielle. Conséquence ou cause de cette attitude partiale, il est certain que je malmenais un peu ma grande sœur. Mes premiers souvenirs en attestent. Quand elle refusait de me prêter sa poupée, je la lui arrachais des mains ; après une distribution de bonbons, je réussissais à lui extorquer le sien par chantage. Très jeune, j'avais déjà enregistré que la lutte pour la vie ne se négociait pas. Notre mère, qui avait dû noter le manège, se mit du coup à défendre l'opprimée et concentrer encore davantage sur elle le meilleur de ses sentiments. Cette grande tige de cinq ans se faisant rabrouer par une petite teigneuse de deux ans de moins devait être un spectacle réjouissant et sans aucun doute apte à conforter les théories de Darwin sur la sélection naturelle.

Rarement, si rarement, Papa tu m'as tenue dans tes bras. Malgré ton envie de tendresse, je voyais bien que cela t'embarrassait. J'ai noté que tu attendais que nul ne t'observe pour agir ou mieux encore, que tu te retrouves seul avec moi. Pourtant, même ainsi tu te montrais réservé, tu arrangeais mon vêtement, t'inventais des prétextes pour m'approcher. Pour justifier tes caresses à peine esquissées, tu te cachais derrière une bouche sale à nettoyer. Il n'empêche que tu m'aimais. Avec Justine, je n'ai jamais noté de telles attentions. Tout simplement, tu l'ignorais. C'est d'ailleurs naturel : elle ne fait pas partie de notre monde, celui des vivants, des croqueurs de vie. J'ai bien saisi tes motivations, tes centres d'intérêt, tes pulsions intimes. Elles sont miennes. Mon Papa, je t'aime.

Ensuite, il m'a fallu subir les avanies de l'école maternelle. Les maîtresses faussement affectueuses avec leurs baisers mouillés et leurs écœurantes simagrées m'ont toujours exaspérée. Je suis certaine qu'elles se contraignaient à me trouver gentille par bienveillance pour ma mère si comme il faut, alors que j'étais une peste noire. En huitième par exemple, je m'étais promis de tirer les cheveux de toutes les élèves de ma classe sans exception avant la fin du mois de février. Et pas seulement celles à nattes ou autre coiffure pendante aisée à agripper ! Eh, bien j'ai réussi avant l'échéance... Ce faisant, j'ai bénéficié de la connivence inattendue de Mademoiselle Daliat. Bien qu'ayant découvert mon manège, celle-ci ne m'en a pas soufflé mot. Comme j'étais vive et pimpante, cette vieille bique envisageait sans doute de se rétribuer en nature. Célibataire malgré elle, elle se vengeait de l'indifférence des mâles par l'affection exagérée qu'elle vouait aux fillettes, les palpant et les malaxant avec une fougue grotesque. Par la fuite, j'avais toujours réussi à lui échapper, sauf la fois où parvenant à me coincer au fond du préau, elle se dédommagea de ce jeûne forcé en me retenant plus de deux minutes contre sa poitrine molle, dissimulée sous une blouse grise. Condamnée aux âcres miasmes émanant de cet être fané, cette tendresse contrainte m'a répugnée et éloignée à tout jamais de toute tentation lesbienne. C'est à cette époque, je crois, où la maladresse de ma mère a déclenché un incident. Il lui a pris la lubie d'investir ma sœur d'une lourde responsabilité.

– Justinette chérie, ta petite sœur atteint désormais l'âge de raison que toi tu as franchi voici deux ans. J'ai donc pensé, enfin…j'ai estimé n'est-ce pas, que désormais tu pourrais…

Comme s'il s'était agi d'une inavouable conspiration, sa voix frêle était passée par de comiques tonalités s'infléchissant de l'étranglé à l'inaudible. Du coup, Justine avait esquissé d'un ton rabougri, en signe d'encouragement maladif :

– Oui, oui…c'est sûr que je pourrais, Mamounette…

– Donc que tu pourrais… puisque tu es une grande fille… et aussi à cause de mon travail domestique. Tu comprends, ainsi ça me laisserait du temps, ça me permettrait de nous arranger un petit nid encore plus douillet à tous les trois. Et faire de la pâtisserie. Alors es-tu d'accord ?

– Bien sûr que je suis d'accord… mais sur quoi petite maman ?

– Ah oui ! Je suis sotte…Non c'est vrai, ainsi j'aurais plus de temps pour briquer le salon à fond. Et te... enfin vous cuisiner des meringues aux amandes aussi… Mais pour cela, il faudrait que tu acceptes de t'occuper… non pas t'occuper… euh… seulement d'accompagner Agathe pour aller et revenir de l'école.

– Ah oui… Tu crois vraiment Mamounette d'amour ? Eh bien d'accord, puisque tu penses que c'est bien pour toi. Que c'est mieux comme ça qu'avant.

Mamounette d'amour ! Avec ses appellations enrobées de guimauve, ma frangine s'est toujours distinguée par une sensiblerie ridicule. Abaissant un regard apeuré sur le tapis fané du salon, elle avait accepté cette mission timidement murmurée en victime consentante. Du reste, ma mère n'avait probablement aucune opinion sur l'opportunité de cette mesure éducative. Simplement, Justine étant mon aînée, elle avait cru judicieux de lui conférer des responsabilités résultant de ce statut. La pauvre avait cédé à la pression inconsidérée du conformisme. Rien à faire : il lui fallait singer ses voisines. Pourtant, charger une gamine aussi mièvre, délicate et scrupuleuse d'une telle tâche était notoirement inepte. Cela équivalait à équiper une ballerine classique de gants de boxe ou de confier à un nouveau-né le pilotage d'une Ferrari Daytona. La réticence apeurée de Justine était pleinement justifiée. D'avance, la malheureuse avait saisi que pour moi, il n'était pas question de subir les affronts de sa dictature molle. Pour la désarçonner et mieux lui faire saisir par contraste, la puissance de ma contre-attaque, les deux premiers jours, je me suis montrée aussi douce que du miel d'acacia, marchant à ses côtés d'un petit pas posé, je me tenais à carreau acceptant d'être guidée par sa main mollement poisseuse. Je lui ai même souri en une niaise grimace accentuée par la privation de deux dents de lait. A l'école, j'ai sagement sauté à la corde en prenant sagement mon tour.

Mais dès la récréation du lendemain, je prenais soin, sous son regard de vaincue, de m'attaquer sans ménagement aux couettes de Claudette, une grosse mémère facile à courser. Après ce prologue, en bondissant par derrière, j'ai réussi à tirer fortement sur la frange de Michèle et en retombant lui en arracher une touffe. Justine qui me regardait affolée, avait parfaitement compris le message. Soit j'acceptais de cheminer près d'elle, et la tendre et pure donzelle devait craindre pour sa chevelure blondasse, torsadée en anglaises ridicules, soit je rentrais à la maison à mon rythme, en empruntant le chemin des écolières. Un marché simple et honnête, en somme. Ainsi, j'ai pu flâner avec la grande Céline, une rousse rigolote, la seule à égayer un tantinet notre classe de fayotes. Nous avons crié dans la rue puis sommes passées en nous trémoussant devant un groupe de garçons, serrées l'une contre l'autre comme des amoureuses. Ces idiots ont ricané et nous ont lancé des tas de feuilles mortes bien humides à la figure. En m'enfuyant, je suis tombée dans le caniveau boueux. Au total, je m'étais follement amusée. Surtout, j'étais rentrée à la maison une demi-heure après Justine, en nage et crottée de partout.

Par un index inquiet et vertical en travers de la bouche, ma sœur m'a invitée à taire mon retour tardif à maman. Pour moi, il n'était pas question de coopérer. L'occasion était trop belle de moucher la mijaurée en étouffant son autorité usurpée dans l'œuf. Je suis donc ressortie sur le pas de la porte : juste le temps d'accentuer l'emmêlement de ma chevelure et de découdre l'ourlet de ma jupe. Puis en réentrant, j'ai claqué monstrueusement le battant de la porte. Alertée par le vacarme, maman a surgi de sa cuisine où en méticuleuse ménagère et traditionaliste invétérée, elle préparait les crêpes pour la Chandeleur. Observant la scène, incrédule, elle est restée figée, exposée à l'affreux dilemme d'avoir à choisir entre une ainée impeccable, mais moralement déchue et une cadette dépenaillée, mais triomphalement indomptable. Balançant d'un côté à l'autre, sa tête soulignait les affres de ce duel insoluble. Bien que présentant toutes les apparences de la désobéissance et de la culpabilité, elle n'osait sévir contre moi, car en m'accusant, elle taxait par là-même Justine d'incompétence et de désertion face à sa mission. Sa bouche s'ouvrit puis se ferma plusieurs fois comme une carpe asphyxiée, pour finir par se crisper dans un mutisme prolongé. Je n'avais que sept ans, mais ce fut la première fois que je me suis découvert sur elle un ascendant qui m'a envahi de fierté. Piteusement, ma mère se réfugia dans des sanglots hoquetants, incapable qu'elle était de convertir son émotion en action. Justine la suivit bientôt dans cet océan lacrymal.

– J'étais si heureuse de mes grandes filles, de les voir pousser et s'épanouir. Si heureuse…et voilà que… Enfin… Agathe, tu as peut-être tes raisons, mais tu as eu tort de claquer la porte aussi violemment. Ma… chérie promets moi que tu…

A cet instant, Papa est apparu, un épais porte-document à la main. Il avait l'air soucieux, énervé et en tout cas critique contre son épouse qui parvenait si mal à maintenir la paix domestique. Du coup, je m'en suis voulu d'avoir troublé la tranquillité de mon petit Papa. J'ai compati à son agacement de travailleur, s'échinant à trimer alors que nous, futiles souricettes dansions la java. J'ai noté que le dessus de son crâne commençait à se dégarnir et m'en suis sentie un peu responsable. Pourtant, loin de s'en prendre à ma tenue débraillée, il m'a souri discrètement et m'a baisée sur le front. A l'égard de Justine qui baissait la tête comme une fautive, il a émis un claquement de bouche en un *tsst* désapprobateur. Du reste, il s'est contenté de lui frotter avec nonchalance le sommet de la tête. Assurément cette marque désinvolte d'affection - à peine un effleurement - valait moins qu'un baiser. J'étais tiraillée entre mon exaltation à souligner cette évidence à Justine et mon mépris à adresser la parole à une perdante. J'étais décidément la préférée de Papa, mais le lui déclarer m'aurait souillé les lèvres. Je décidai donc de m'enfermer dans un orgueilleux silence. Que Justine reste la chouchoute à sa maman si elle peut s'en contenter ! Moi, je me suis senti moralement adoubée par mon père. J'ai compris que nous étions dans le même camp.

– Je pars en tournée de routine pour vérifier la gestion de mes restaurants de la zone ouest. J'aurais plaisir à emmener mes demoiselles. Elles me tiendraient compagnie et ça les ferait un peu bouger.

Toute empêtrée de Justine qui s'incrustait dans ses jambes comme un agneau apeuré, Maman s'est timidement récriée :

– Jérôme, si jeunes ! Je ne crois pas que ce soit bien. Du reste, vendredi Justine a sa composition de calcul. C'est une demoiselle de neuf ans ! Elle ne peut plus se permettre de manquer la classe.

Je ne cataloguerai pas mon père parmi les personnes influençables. S'il a retenu sans discuter l'argument de maman, c'est qu'il n'avait pas envie de se coltiner la présence de mon boudin de sœur. Il a dû prononcer un grand ouf intérieur. Quand à moi, je jubilais sans retenue et je ne sais ce qui m'a retenu d'aller narguer Justine en clamant que papa était ravi de se retrouver seul avec moi.

– Dommage pour elle mais ce n'est pas grave. Je me contenterai de mon poids plume, ma petite Agathe à l'œil de pierre.

Non mon Papa, tu le sais, ce n'est jamais contre toi que je darderai mon œil de pierre. Quinze ans après, je peux réciter avec précision chacune des villes de l'itinéraire de ce voyage où tu m'as un peu appartenue : Tours, Orléans, Rouen, Caen, Rennes, Nantes et retour à Angers. Pourtant une fois en route, j'ai l'impression que tu m'oubliais. Tu te replongeais dans tes pensées d'homme d'affaires qui me remplissait de peur et d'admiration. Au volant de ta DS tango, je te voyais marmonner, te passer fébrilement la main dans les cheveux, te tirailler le lobe de l'oreille à la recherche de l'idée créatrice, perdu dans tes pensées. De très loin, je reconnaissais ces grosses lettres accrocheuses, rieuses, rouges et impératives, inscrites sur un fond jaune vif. Youpi, ta marque, la marque glorieuse de ton futur Empire. Papa m'a raconté comment il avait conçu l'enseigne, en griffonnant sur la nappe en papier d'un restaurant. C'était dès les balbutiements de son entreprise, quand il n'exploitait que trois emplacements. A Orléans Papa, tu as bien éclaté de rire lorsque le patron local ne t'a pas reconnu. Lui s'est moins esclaffé quand tu lui as bien redressé les bretelles. Tu l'as réprimandé en lui faisant remarquer que le serveur avait tardé de six minutes quinze secondes avant de venir prendre notre commande. Tu avais l'air courroucé d'un vrai chef. J'étais fière de te voir commander et en signe d'approbation, près de toi je fronçais aussi les sourcils. J'aimais bien le décor où l'on voyait le cuisinier s'affairer devant nous, sa grande raclette soulevant les oignons frits. Tu m'as doctement déclaré, comme si tu exposais tes principes à un adulte :

– Observe Agathe ce décor. Dans dix ans, la moitié des restaurants ressembleront aux miens. Plus de cuisines sombres, lointaines et enfumées, plus de menus compliqués réclamant une demi-heure de préparation. Avec mon système, chaque table tourne trois ou quatre fois par repas, quelle progrès dans la rentabilité !

Au moment du coucher, tu es redevenu sévère. J'aurais bien voulu dormir dans ton lit mais toi et ton air intraitable ont décrété que cela ne se faisait pas. Tu as fait déposer dans la chambre un ridicule petit engin pliant dans lequel je me voyais retomber en petite enfance. C'est le seul moment où je t'ai trouvé un point commun avec maman.

II

Ce matin là, Truimoche m'a incitée à évacuer temporairement "sa" maison - sa maison, qui est plutôt la mienne puisqu'elle appartient que je sache à mon père. Je surnomme Truimoche cette horrible créature car elle ressemble à une truie en plus laid, une truie aux cuisseaux sans jambons et sans fesses. J'éprouve un dépit et une jalousie immenses à ce que Papa se soit allié avec elle. Allié est le terme car, quand j'observe leur comportement réciproque, je ne décèle rien entre eux qui s'apparente à de l'affection. Quoi qu'il en soit, j'ai subodoré que pour une raison mystérieuse, ma présence lui était hautement indésirable. Naturellement, ce n'était pas vraiment un ordre. Plus finaude, la salope avait opté pour la méthode mielleuse, enfin qui se voulait telle, car mon odorat prononcé y a détecté le fiel, pour tourner à mon avis au fiello-mielleux. « Tu te rends compte, les estampes de Dürer sont enfin présentées dans notre ville, directement en provenance du Städel Museum de Francfort. Fonce vite admirer ces chefs d'œuvre ! » Son argumentaire était singulièrement maigre. Toutefois en même temps, elle me glissait cinq billets de cent francs au creux de la main, ce qui aurait paru foncièrement excessif pour une exposition si elle n'avait pas ajouté « Profites-en pour t'offrir quelques babioles en ville. Ils proposent des colliers délicieux chez Brind'Or ». C'est bien son style hypocrite de me fournir l'alibi culturel de Duraire, sachant qu'elle connaît bien mon ennui face à la visite d'un musée. Papa s'en contrefiche d'ailleurs tout autant, c'est fou ce que je possède de points communs avec lui ! En revanche, pour les bijoux, elle avait visé en plein dans le mille. Tout ce qui tourne autour de la joaillerie, des parures, des fanfreluches, de la mode, je suis partante. Par goût, je serais plutôt orientée sur le bijou fantaisie, mais d'un point de vue tactique, il est plus judicieux d'acquérir du solide, de revendable, du sonnant et trébuchant, du classique genre or ou diamant. Ce style a tendance à me vieillir, à me donner des allures encroûtées, mais ces objets conservent leur valeur marchande.

En fait, j'ai choisi en fonction du choix qu'aurait fait Papa. Du moins je le suppose, je le devine, car je n'ai pas abordé ce sujet avec lui. Avec lui, on aborde d'ailleurs fort peu de sujets, car en privé cet homme reste renfermé, pudique, mystérieux, taciturne. En société, son attitude est exactement inverse, il mène la conversation, fait des plaisanteries et l'on peut vraiment affirmer que lors d'une réception, c'est lui la vedette. J'ai noté qu'il a un chic particulier pour faire converger l'enthousiasme sur sa personne. Où qu'il apparaisse, il devient le héros de la fête, le boute-en-train patenté. Il affectionne tout particulièrement les blagues courtes truffées de jeux de mots. Tenez, un exemple tordant me revient en tête lors d'un gala à l'occasion de l'inauguration de son centième cinquantième restaurant. Je l'ai noté pour ne pas l'oublier tellement c'était bien trouvé. Complètement neutralisée Truimoche, en a été quitte pour aller fourrer son groin ailleurs.

– Pierre Hiffe-Eric, qui construit des boulevards, souhaite acheter une maison. Il téléphone à Jean Simaubilaire. “Mine de rien, si vous me proposez un bon produit, sans dégâts des eaux, je ne serai pas un ingrat.” “Mon cher, on ne dit pas mine de rien mais gisement épuisé, ni des gars des eaux mais des marins. Ni un ingrat mais un nain gros.” “Ah l'enfoiré ! Il me prend pour le petit poucet, je vais le javelliser !” “On ne dit pas l'an foiré mais l'année de perdue, ni le petit poussait mais le gosse était constipé, encore moins j'avais lisé mais j'ai lu.”

Tordant, n'est ce pas ! Papa était alors entouré d'une nuée d'admiratrices qui le buvaient des yeux et applaudissaient frénétiquement. J'adore ces situations qui me font resplendir de fierté.

Dans ces cas-là, je m'approche ostensiblement de lui de façon que le public saisisse notre lien de parenté. Et lui, à l'opposé de son attitude en privé, me prend chaleureusement par l'épaule en me décochant un sourire complice. J'ai surpris certains auditeurs déclarer cette plaisanterie lourde. Évidemment, il existera toujours des intellectuels de service pour faire la fine bouche à ses trouvailles. Je vais dénoncer ces traitres à Papa. Lui saura remettre en place ces goujats prétentieux. Il leur signifiera clairement qu'avant d'exprimer leur avis, ils feraient mieux d'attendre d'être, comme lui, milliardaires.

Quel dommage qu'en tête à tête il n'ait pas de goût pour la conversation. On dirait qu'il se sent gêné de se retrouver seule avec moi car il met un temps infini à démarrer. Je ne peux rien lui reprocher à ce sujet car, de mon côté, j'agis exactement de la même façon. Étrangement, moi qui n'ai peur de personne, je reste bloquée, comme privée d'inspiration. Ainsi un silence impressionnant s'installe entre nous, se prolongeant jusqu'à deux minutes. Depuis que j'ai quitté l'enfance, il n'ose plus m'embrasser. Lorsqu'il me rencontre à l'improviste dans une pièce, il marque un temps d'arrêt avant de s'approcher de moi et me saisit la main avec brusquerie. Puis comme pris au dépourvu, il finit par me la secouer très fort ou bien hésite avant de me presser vigoureusement l'épaule.

Ensuite, il me jette un de ces regards profonds par lequel on sent qu'il va vous faire un cadeau, donc qu'il vous aime. Il possède un amour rentré extraordinaire, un genre de sentiment qui ne se révèle pour ainsi dire jamais en mots, car Papa se contient en permanence. Pourtant, je ressens son appel très fort et en retour de ce sentiment profondément caché, je l'aime aussi. Il est sûr que parvenant pas à exprimer son affection en paroles, il la matérialise en actes, sous forme de générosité palpable. En cadeaux, en argent de poche, en voyages, il suffit que je claque des doigts et mon petit Papa cède. Sauf lorsque Truimoche rode dans les parages, auquel cas cette femelle de porcherie fait à tout coup louper l'affaire. Sans blaguer, c'est une Mata Hari réincarnée qui espionne dissimulée derrière les pots de fleurs. Sinon comment expliquer qu'elle pénètre à point nommé dans la pièce où nous nous trouvons. Par exemple, hier au moment précis où il s'apprêtait à me signer un chèque assez grassouillet, la voilà qui pointe sa hure avant de s'introduire, mielleusement sémillante.

– Excuse-moi, ma petite Agathe, j'ai égaré ma clé de voiture. Ah, tiens donc, Jérôme tu étais là également ! Ça tombe bien, je souhaitais te dire deux mots. Comme c'est étrange : dès que ta fille séjourne chez nous, tu passes ton temps à te cacher.

Ainsi ce boudin désarticulé a réussi cet exploit que le chèque me file sous le nez. Non à cause de l'argent ; elle se moque bien des dix mille francs qu'il représentait ! La vérité est qu'elle exige de tout régenter. Par ce coup de semonce, elle entend manifester son omniprésence, exercer sa toute puissance sur son mari et accessoirement sur sa belle-fille. Tout en feignant de le prendre en aparté, elle a poursuivi son admonestation assez fort pour que j'en perçoive chaque détail. Fesses muettes et groin mobile en action, elle l'a pris à contre-pied par le biais de la culpabilité.

– Navré de t'avoir interrompu, Jérôme. Quand il s'agit des gens liés à ton existence précédente, je me suis fixé pour règle de ne jamais intervenir. Mais là, désolée, tu m'y contrains. Grâce à une certaine habileté et beaucoup de chance, il se trouve mon cher, que tu occupes un statut social privilégié. Dans notre ville, tu es un devenu notable et au niveau national, tu jouis d'une petite notoriété. Il va sans dire que tes filles pourraient se vêtir décemment, à savoir avec un minimum d'élégance. Or qu'est ce que je constate ? Elles se promènent attifées comme des gagne-petit, des jeunes ouvrières de banlieue. Avec des fripes achetées dans des boutiques bon marché. C'est bien simple, j'ai honte de m'afficher à leurs côtés… Note que si tu es gêné pour mettre la main au portefeuille, je peux te faire une avance…

Elle a souligné notoriété en fronçant ses sourcils clairsemés. Papa lui a souri avec modestie et lui a tapoté la joue. Autant il est décidé en affaires, autant il rampe devant les diktats de Truimoche à la maison. Il est sûr que Justine prétendra le contraire de sa voix d'oie blanche à qui on va prélever le foie gras, mais pour ma courge de sœur, tout le monde il est beau et joli, n'est-ce pas ?

Truimoche, ce mocheton aux fesses plates m'a donc expédiée en ville. Bien que rien de particulier ne m'occupe à la maison, j'ai une sainte horreur que l'on m'impose mon emploi du temps. Après ce départ forcé, j'ai donc la ferme intention de rebrousser chemin dès que possible. Ostensiblement, je suis montée dans ma vieille Peugeot 104 beige - à remplacer d'urgence car rouler là dedans empeste typiquement sa petite employée de province - et j'ai fait mine de piquer vers le centre-ville. Préalablement, j'avais pris la précaution de donner un coup de fil à Jean-Alfred de Rossinneau-Chambourcy, mon petit ami local du moment. C'est lui qui a succédé dans la région parisienne à Wilfried Floque dont je trouvais le patronyme ridicule et le porte-monnaie plutôt plat. Au chapitre de mes petits amis, la liste est longue, variée et fluctuante. En m'accueillant, il m'a saisi par les épaules, m'a soulevé le menton d'un geste autoritaire, puis tenté de me baver dans la bouche avec sa langue épaisse. Un de ces boutons d'acné m'a frôlé la pommette, en transmettant ipso facto une contraction dégoutée à ma lèvre. En se penchant vers moi, sa cravate pendouillait allant me caresser la naissance des seins, acte tout involontaire et original dont j'ai regretté qu'il n'ait pas eu la réelle initiative. Tant il est vrai que la soie est matière noble et fort sensuelle. Vivement j'ai repoussé Jean-Alfred, en lui faisant comprendre que je ne mangeais pas de ce pain là ou bien si d'aventure j'en mangeais, c'était de ma propre initiative. J'ai même invoqué les mânes de ses ancêtres vicomtes qui, ai-je prétendu, depuis leur tombeau observaient cette conduite abominablement grossière d'un air résolument désapprobateur. En baissant les yeux, il a tenté de me faire accroire un tacite droit de cuissage trans-générationnel qui se serait perpétué nonobstant l'épisode la Révolution Française. Sans tenir compte de ces arguments machistes démodés, je l'ai enjoint de me véhiculer. Il a obéi sans broncher en me considérant bizarrement. Sur mon air glacial, il a poursuivi selon un registre très différent :

– Agathe, malgré votre courroux et comment dire…en dépit de ce petit appoint avorté, j'éprouve un vif plaisir à vous saluer par une si belle matinée de pluie. Une pluie qui du reste n'était pas indiquée dans les prévisions…

– Ni prévue dans les indications, Jean-Alfred, je l'admets.

Ma répartie volontairement sibylline l'a laissé coi. Jean-Alfred possède un visage extrêmement bizarre, mieux dit c'est le visage qui possède Jean-Alfred car il parait agir indépendamment des instructions de son détenteur, surtout en matière de tics. Un nez proéminent surmonté de petits yeux myopes, des pommettes saillantes. En prime, ce visage est juché sur un corps grand et mou. Soyons juste, Jean-Alfred détient certaines qualités dont la principale est la richesse et la seconde la naïveté. En conséquence il est propriétaire d'un véhicule, une Alpine A110 bleu métallisé, que je peux utiliser seule ou accompagnée. J'adore le ronflement énorme de ce moteur, pour la puissance qu'il représente et parce qu'il interdit toute conversation. Faute de hurler, on ne s'entend guère d'un siège à l'autre, élément fort appréciable de tranquillité psychologique. Papa parle peu, mais il a beaucoup à dire, Jean-Alfred pérore sans arrêt sur n'importe quoi. A cause de l'espace minuscule dont on dispose et de l'énorme protubérance imposée par la mécanique, il aurait du mal à me caresser les jambes tout en pilotant, ce qui constitue un second point positif. J'adore que les gens me remarquent et m'envient dans ce superbe engin, j'ai donc glapi à Jean-Alfred de faire le tour du centre-ville. Une fois achevé, je lui ai à nouveau beuglé de recommencer le tour car j'avais aperçu Gaël au bras de sa nouvelle copine. J'ai approché mon visage de la fenêtre, glissé un signe amical à Gaël et lancé un regard de défi à sa poupée, une immonde blonde permanentée. Jean-Alfred a tenu à faire une halte chez le fleuriste. Son bouquet de roses rouges était énorme et exhalait un parfum sublime. La commissure de sa lèvre gauche s'est soulevée en un prompt aller et retour machinal.

– Voilà des fleurs pour une fleur, ma toute belle Agathe ! Afin de te faire pardonner ma goujaterie de tout à l'heure.

Malgré son tic désobligeant, je lui ai souri discrètement. Une fois en marche, j'ai d'un mouvement circulaire, balancé les fleurs sur la plage arrière car du fait de sa la taille, la gerbe finissait par m'obstruer la respiration. Mon nobliau s'est acheté sa voiture grâce à la fortune de son grand-père. Il dépense sans compter et à force de tirer sur la ficelle, peut-être finira-t-il par mettre sur la paille la dynastie Rossinneau-Chambourcy. Je l'ai prié de se garer sans pétarade excessive derrière la propriété de Papa, tâche délicate eu égard au moteur surdimensionné de son engin. Puis prenant mon air mystérieux des grands jours, je lui ai insufflé le caractère grave et noble de ma mission avant de m'éclipser, non sans lui avoir confié la garde de mes roses rouges. Par la grille arrière, j'ai pénétré subrepticement dans le parc de Castel-Chevreuse.

Celui-ci est magnifiquement entretenu, rempli de fleurs, il chatoie de couleurs et resplendit en toutes saisons grâce à la présence continuelle et le labeur acharné de deux jardiniers. Certes la nature finit vite par m'ennuyer et je n'apprécierais guère de m'user les mains avec un râteau ou une binette, mais porté à ce degré de perfection, je ne peux que m'incliner face à ce chef-d'œuvre horticole. Sur les passants, le choc de son éclat est considérable et unanime. Depuis la rue, tous les regards convergent vers cette splendeur. L'ébahissement envieux atteint son apogée lorsqu'ils entraperçoivent par delà les arbres centenaires, la silhouette majestueuse du manoir. Bref, la propriété de Papa est vaste, élégante et luxueuse, à des lieues du misérable trou à rat de maman. Nul doute que cette richesse visible caresse avec ravissement ma vanité. Je suis alors envahie d'un sentiment de puissance, de prospérité et d'appartenance. En pleine communion avec son idéal de réussite sociale, j'éprouve pour cet homme capable d'accéder à un tel niveau de luxe, un respect mêlé de déférence.

La porte du garage étant entrouverte, il m'a fallu me livrer à des ruses de Sioux pour m'approcher de cette remise sombre et recouverte de lierre sans faire crisser le gravier. Certaine d'une présence humaine, je tiens à demeurer aussi inaperçue qu'insoupçonnée. Laborieusement et sans bruit, j'ai traîné un gros rondin. Je l'ai positionné juste au dessous d'une lucarne haut perchée le long du mur latéral. Chaussée d'escarpins à talons-aiguille, j'ai fait preuve de virtuosité pour y caser mon soulier gauche et me maintenir sur l'écorce glissante. En équilibre sur une jambe, à travers la vitre ternie par des projections de poussière mêlée de pluie, j'ai nettement aperçu des pieds d'homme. Ils dépassaient de l'avant d'un véhicule éclairé par le dessous. Il fait trop sombre pour distinguer le véhicule mais cet emplacement est d'ordinaire dévolu à la Mercedes 500 SEC de mon père. En tout cas, en pleine lumière, son coupé jaune citron, aux odorants sièges de cuir havane, fait encore plus classe que l'Alpine de Jean-Alfred et je suis transportée de ravissement à chaque échappée que je fais sous son habitacle luxueux. Brusquement le soleil, dégagé des nuages, m'éblouit avec force si bien que je peine à distinguer l'intérieur du garage. Vaguement, il me semble que les pieds se trémoussent nerveusement, comme pour quelqu'un faisant face à un imprévu. Au même moment, je perçois le ronronnement d'un moteur électrique, une perceuse peut-être ? En me hissant sur la pointe du pied, je tente de coller mon oreille de la vitre. Cette idée était stupide. Je me retrouve illico presto sur les fesses sur le sol, le cuir de ma semelle ayant dérapé sur le rondin. Au passage, le ciment du mur m'a égratigné le bout du nez, je me suis cassé deux ongles et me suis fortement écorché le genou. J'ignore si ma chute a été bruyante mais inquiète, je ne songe qu'à prendre la poudre d'escampette. Escampette digne cependant. Car si je rebrousse chemin, c'est en feignant de flâner sur les parterres, mes escarpins à la main.

Pour mon honneur, il est essentiel de camoufler ma fuite en repli stratégique auprès de Jean-Alfred. Je me faufile donc jusqu'à son bolide bleu et, le couvant d'un regard embué de mystère, je dispose l'index du motus en travers de mes lèvres. A peine installé sur le siège, je lui ordonne de quitter les lieux sur les chapeaux de roue. Prenant mon ordre au pied de la lettre, l'imbécile démarre trop vite et écrase trois poules en chemin. Peu importe pour ces imprudents volatiles car j'adore la vitesse. En fait, j'adore surtout l'accélération. C'est elle qui m'installe au creux du ventre une sensation indéfinissable, une stimulante panique au tréfonds de mon corps. C'est de l'arrache-tripes cet engin. Comme si dépossédée de mes organes, je m'allégeais de l'intérieur jusqu'à me délecter de ce qui m'épouvante. Après avoir roulé dix kilomètres en direction de Trappes, j'adresse à mon pilote le signe impératif de faire halte. Prenant un ton inspiré, je m'exclame :

– Jean-Alfred, retournons en ville sur le champ. J'ai lu dans le Figaro Littéraire que Duraire exposait ses estampes. Son dernier jour. C'est maintenant ou jamais, quelles qu'en soient les conséquences !

– Mais Agathe, je pense que Dürer peut attendre. Étant décédé au printemps 1528, il en a pris l'habitude.

– Jean-Alfred, ne soyez pas sot, vous ne comprenez pas que c'est une figure de style. Du reste, ce n'est pas que je le souhaite, c'est que je l'exige !

Je m'attendais au pire avec cette exposition mais finalement, je ne me suis pas trop ennuyée et en revenant, je pourrai damer le pion à Truimoche. Le plus inattendu, c'est la ressemblance frappante que j'ai dénoté entre Papa et Maximilien Ier, principalement le nez fort et ambitieux, la bouche volontaire aussi. Sur ces points, je tiens énormément de lui, contrairement à la douce Justine toute handicapée de mièvrerie. Pour faire découvrir cette parenté de traits à Jean-Alfred, je me suis placée à côté du portrait, pinçant la bouche à la façon du monarque. Comme il était à craindre, cette nullité ambulante n'a réagi que par un air dubitatif.

– Enfin Jean-Alfred, reprenez-vous en main ! Si vous n'êtes pas fichu de constater une évidente parenté physique entre moi et l'Empereur, chaussez donc vos lunettes mon vieux ! Et à partir de maintenant, appelez moi Maximilienne.

De retour à la maison, Truimoche m'a convoquée pour le diner d'un geste d'impatience. Comme si j'avais dû deviner que l'absence de Papa, parti en tournée d'inspection, exigeait pareille précipitation ! Notre marâtre tient vraiment à prouver qu'elle sait demeurer odieuse de l'aube au crépuscule. Bien sûr, Justine est déjà installée à table, au garde à vous, couvant sa belle-mère d'un regard admiratif. Or comme d'habitude, celle-ci porte horriblement mal les coûteuses toilettes dont elle s'affuble. Cette année, elle s'est entichée de Christian Lacroix. Avec ces couleurs vives, ces écarlate et jaune vif qui arrachent l'œil de plaisir, avec ces broderies multicolores, sa robe ballonnée qui met en valeur les jambes et la poitrine me conviendrait à ravir. Mais engoncée dans cette parure, la vieille peau déprave cet enchantement. C'est le massacre du bon goût.

Non contente d'être odieuse, Truimoche me semble ce soir très énervée, ne cessant de tirailler sur sa boucle d'oreille gauche. A chaque sonnerie, elle donne l'impression de maitriser une envie de bondir sur le téléphone qui selon l'usage doit être décroché par un domestique. Les mœurs locales dictent également que le repas soit servi dans la grande salle à manger où, coiffée d'un ridicule serre-tête blanc orné d'un nœud, la bonne présente les plats successivement à chaque convive. Celle-ci s'appelle Gina et je l'exècre. Avec ses yeux bleus délavés et sa taille trop fine, la pécore se croit jolie. Elle abaisse modestement le regard devant sa patronne et minaude avec mon père les trop rares jours où il est présent. Cette attitude a le don de me mettre dans une rogne noir foncé d'autant plus que Papa ne semble pas indifférent à ses avances muettes qu'il est impossible de qualifier de charmes. S'attaquer sans vergogne à mon héros et unique amour me rend folle de jalousie. Comme elle a presque le même âge que moi, cette donzelle doit crever d'envie par rapport à ma situation supérieure. Au lieu d'accepter son rang subalterne en s'effaçant, elle s'imagine le dépasser par un air puant et quand elle daigne s'adresser à moi, c'est toujours avec des lèvres pincées. Souvent, la chienne me heurte exprès dans le dos en apportant ses plats. Histoire de me contredire tout en ménageant la chèvre et le chou, Justine fait mine de ne l'avoir pas remarqué ou déclare de sa voix déplorablement niaise que j'exagère d'innocentes gamineries. Moi qui ai bien observé Gina et son petit manège de sainte-nitouche, je sais pertinemment à quoi m'en tenir. Ce soir-là, sous l'œil approbateur de Truimoche, il a fallu qu'elle me serve en premier, me présentant le plat d'un air cérémonieux assorti de ce commentaire ironique :

– Oh pardon ! J'ai failli oublier que Mademoiselle Agathe était toujours pressée !

Sur cette impertinence, j'ai refusé sèchement son infâme tambouille de ritals.

– Mademoiselle n'apprécie pas les *fettucini del pescatore* ? C'est un plat typique de chez moi en Toscane. Ils proviennent directement de chez Casallini !

De quoi se mêle-t-elle cette fillasse d'outre Po concernant mes goûts et mes couleurs? Elle voudrait sans doute souligner le contraste entre moi-même et Justine, sempiternelle bénie oui-oui qui ne renâcle à aucun plat et la remercie tout sourire avec une répugnante démagogie. Non contente de venir encombrer les Yvelines de sa présence superflue, cette Gina s'adresse à moi avec une familiarité déplacée. Comme si par extraordinaire elle approuvait la bonniche, Truimoche n'est pas intervenue, fixant une mouche au plafond. D'où lui vient cette mansuétude ? Normalement, elle ne se prive pas une minute d'être sur son dos et la réprimander d'un ton acerbe. C'est la preuve par A+B que ma marâtre persiste à me nuire été comme hiver, à Pétaouchnock comme à Fritouillons-lez-Génisse. Pour entretenir la conversation, je lui ai demandé si Papa était parti en Mercedes, ce qu'à quoi elle a répondu :

– Évidemment. Pour une inspection régionale, je le vois mal circuler à vélomoteur !

– C'est que j'avais cru comprendre que sa bagnole avait besoin de réparations.

– Il ne manquerait plus que ça. Un véhicule de ce prix !

C'est exprès que j'ai utilisé le mot bagnole, souriant intérieurement de voir Truimoche tiquer à ce vocable proscrit. J'adore lui déplaire, je jouis de la choquer. Elle a toujours critiqué les choix de Papa, que ce soit en matière de voiture ou de domicile. A chaque acte de sa vie, elle cherche à lui démontrer qu'il n'est qu'un arriviste chanceux. Elle sait appartenir à cette caste dans laquelle l'on ne saurait situer avec précision l'origine de sa fortune. Chez les Pontmartin, on est riche de père en fils, de mère en fille depuis des siècles. Du moins on le suppose, car personne n'a pris le temps de le démontrer de façon scientifique, ni d'éplucher les grimoires poussiéreux disponibles dans les greniers. A quoi bon se livrer à cette oiseuse entreprise. Des portraits solennels accrochés dans des manoirs et possessions par toute la France de famille l'attestent. En conséquence, sa fortune est tellement plus vaste que celle de Papa que celui-ci a beau se démener comme un beau diable, il peinera à les rattraper. Donc ce superbe coupé Mercedes jaune citron, pure merveille de distinction, ma laide-mère le taxe de fantaisie de nouveau riche. Cette vieille couenne mal embouchée aurait considéré comme seule recevable un gros veau à vitre teintées, une berline de couleur sombre, genre corbillard. Je hais les certitudes et préjugés de cette héritière qui ne daigne faire place à un nouveau venu dans le domaine des riches. Elle doit trouver qu'il lui porte ombrage, elle qui à nul moment de son existence superflue, n'a remué le petit orteil pour gagner un centime.

A 8 heures 10, la sonnerie du téléphone a résonné. Je le sais d'autant mieux que, faute de conversation, je fixais sa pendule de style rocaille, ignoblement tarabiscotée et me souviens des deux aiguilles, placées en exacte opposition. Plusieurs fois, j'ai hésité à la faire dégringoler de son support, j'aurais tant aimé observer le visage stupéfait de ma laide-mère quand l'objet se serait écrasé sur le sol pavé de marbre. Parfois il m'arrive de manquer de cran moi aussi, par la faute de gènes communs avec ceux de Justine, je suppose. La guenon a réussi à imposer cet objet ruisselant d'ors et de désuétude dans un décor que Papa aurait voulu résolument moderne. Elle prétend que son décor à fleurs et oiseaux est tout à fait magnifique et digne d'un musée. Á ce timbre métallique, Truimoche a sursauté, hésité une seconde puis s'est précipitée vers le guéridon où est posé l'appareil. Au lieu de décrocher sur place, elle s'est emparée du combiné complet avec son socle pour s'isoler dans le boudoir. Avant de sortir, elle s'est pris les pieds dans les fils mais malheureusement est parvenue à conserver son équilibre. Elle s'est tout de même cogné le menton sur le montant de la porte, punition méritée pour une cachotière de son espèce. Tout dans son comportement révélait l'importance de l'appel. J'aurais pu écouter la conversation en collant mon oreille sur la porte. Justine était à mes yeux quantité négligeable, mais je me méfiais de Gina, capable d'espionner pour le compte de sa maitresse. Je me suis donc abstenue, ce que j'ai amèrement regretté.

Au bout de cinq minutes, figure figée et gestes saccadés, Truimoche s'est précipitée dehors. Puis nous avons perçu le ronronnement feutré du moteur de sa Jaguar et le crissement de ses pneus sur le gravier. J'ai tenté de la poursuivre avec pour seul résultat d'endommager le phare droit de ma 104 sur la grille de la propriété. J'ai abandonné la chasse et exaspérée de me retrouver coincée alors qu'un évènement grave s'était sûrement produit quelque part, puis j'ai secoué Justine, lui reprochant de n'avoir pas réagi. Au lieu de se rebiffer, la bécasse m'a répondu une ânerie :

– Mais enfin, Agathe chérie. Ne te mets pas dans cet état. Il n'est peut-être rien arrivé de fâcheux.

Elle a poussé le vice jusqu'à me tapoter la joue. J'ai grimacé, ayant positivement horreur de tout contact physique avec elle. Après cette *Agathe chérie,* la coupe devenait pleine à ras bord. Le ras bord du ras le bol. Sous prétexte qu'un jour de clémence, je lui ai prodigué des conseils de maquillage, cette sœur se croit des droits sur moi. Finalement, ma froideur a eu raison de sa sensiblerie, avec pour résultat de la faire monter se coucher. J'ai pu ainsi guetter tranquille le retour de Truimoche aux alentours de deux heures du matin. Cette vieille horreur avait l'air soucieux d'une calculatrice, non le faciès d'une personne qui souffre. Elle est passée par son bureau pour prélever des documents dans le secrétaire Louis XV, autre horreur à dorures boursouflée de cette maison. Sans tarder, elle a pris l'escalier vers sa chambre d'un pas sec, tirant maladroitement la porte sur elle dans un grand claquement sonore. Au lever, notre laide-mère méritait vraiment son nom. Elle avait revêtu un tailleur noir et maquillé son visage avec un fard blanchâtre du genre geisha. Sa bouche était encore plus tombante que d'ordinaire sur les extrémités et violemment barbouillée d'écarlate.

– Mes petites filles, depuis que je vous connais, vous savez combien je vous ai chéries et protégées. Comme mes propres enfants, si j'en avais eu…

– Ça suffit comme ça, vieille noix. D'abord, je t'interdis de m'appeler ma fille.

– Vieille noix… tu n'as pas honte ! Agathe, vu les circonstances, je te pardonne mais cesse de me couper… Ma mission est déjà bien assez rude. Bien, je reprends. Justine, Agathe, tenez vous prêtes à subir un choc. Je suis si attristée de vous annoncer une horrible nouvelle. Hier soir, vous m'avez sûrement vu partir précipitamment à la suite d'un coup de téléphone. Il s'agissait de la gendarmerie de Rambouillet. On me convoquait en raison d'un accident ayant touché votre père ; il fallait que je vienne d'urgence. Hélas, une fois sur place, il était déjà trop tard. Selon le brigadier, votre papa roulait trop vite. Il a perdu le contrôle de son véhicule qui est sorti de la route, puis a accroché un arbre avant de s'écraser contre un mur. Aussitôt, les flammes ont jailli, entrainant une mort instantanée. Quelle tragédie ! Hier soir, quand je suis partie en coup de vent, j'avais encore l'espoir de lui murmurer un dernier adieu.

– C'est ça, salope, ordure, saleté… Dis plutôt que tu as décampé sans m'avertir.

– Agathe, ma chère petite, je n'ai pas décampé. Je reconnais être partie rapidement. Aussi rapidement que la situation l'exigeait. Mais si je ne vous ai pas mises au courant, c'était pour vous éviter un traumatisme. Et puis, j'étais si émue.

– Émue, cause-toujours ! Tu avais bien trop la trouille que Papa ne parle. Qu'il raconte la vérité. La sale vérité.

– La sale vérité ! Qu'est-ce que tu insinues ? Reprends-toi Agathe, tu me fais vivre un cauchemar... Du reste, comment voulais-tu qu'il parle ? Puisqu'il n'a pas survécu.

– Possible. Mais au départ d'ici, tu ignorais l'état dans lequel Papa se trouvait. Je maintiens mon affirmation : tu avais les fesses qui faisaient bravo dans leur slip. Tu pétais de trouille qu'il déballe tout le saint-frusquin.

– Que de grossièretés gratuites ! Agathe, cesse tout de suite avec ce langage ordurier !... Je sais, je sais, tu es à bout de nerfs. Allons, viens contre moi ma pauvre enfant.

– Ah, ça non ! La comédie de la pitié à présent. Je t'interdis de me toucher, tu me dégoûtes !

– Là, tu dépasses les bornes. Et ma douleur à moi ! Qu'en fais-tu de ma souffrance d'épouse, de mon état de veuve ?

– Eh oh... un peu de pudeur Très Saint Mère la Vertu ! Tu dois en rigoler de ton veuvage. Vous n'arrêtiez pas de vous bouffer le nez, de vous chamailler comme de vrais chiffonniers.

– Ce que tu dis est honteux… Et dire que pendant tant d'années, j'ai pris soin de vous.

– Mon œil, tu nous recevais du bout des lèvres trois fois par an, en bénissant l'instant où on débarrassait le plancher pour retourner chez maman. Tu nous haïssais tout autant que tu haïssais Papa !

– Retire tout de suite ce que tu viens d'avancer. Tes allégations sont absurdes, mensongères et inacceptables. Au train où c'est parti, tu vas bientôt affirmer que c'est moi qui l'ai assassiné !

– Paf ! Exactement ! En plein dans le mille ! Je le crie même, je le gueule !

Je me suis précipitée ouvrir la fenêtre afin de brailler ma vérité à tout le voisinage qui ne pouvait l'entendre à cause des vastes dimensions du parc ceinturant la propriété. C'était vain, inutile, dérisoire mais presque jouissif. Libérateur en tout cas. Indispensable pour quelqu'un qui brusquement se retrouvait dépouillé de l'être aimé. Dans un élan simultané, j'affrontais le deuil et la haine. Une effroyable nouvelle me fournissait les arguments de la détestation. D'abord interdite, ma laide-mère s'est reprise. Son visage a quitté son air doucereux pour se retrouver sa cruauté naturelle. Elle s'est agrippée à mon corsage qu'elle a déchiré. Puis elle m'a empoignée par les épaules et en y enfonçant ses ongles de sorcière jusqu'au sang, elle a réussi à me décramponner de la barre d'appui. C'est qu'elle est vigoureuse la salope ! Je me suis dégagée en lui allongeant un monumental aller-et-retour. Elle en a cligné les yeux de douleur. Pendant ce temps, Justine - c'est tout elle - est demeurée dans un coin de la pièce au lieu de se joindre à moi. Une vraie souche inerte et lamentable. Je l'ai seulement entrevue la tête entre les mains. Elle devait pleurer la fragile douillette. Pleurer au lieu de combattre.

Sur le moment, étais-je convaincue de l'implication de Truimoche dans le meurtre de Papa ? Ce n'est pas sûr. J'avais déjà une malle pleine à ras bord de motifs réels et tangibles de la détester ; inutile d'aller inventer des raisons artificielles. Dans un premier temps, mon exécration naturelle à son égard a donc fourni un bon carburant à mes vociférations. Depuis, plus le temps passe, plus la graine de l'assassinat, semée par les vents du hasard, a germé et prospéré pour devenir une évidence. Accumulant réflexions et déductions, mon esprit consolide cette thèse jusqu'à l'obsession.

Je dispose d'éléments immédiats, du court terme solide et incontestable. Primo : le jour J, Truimoche m'a envoyé voir ailleurs si elle y était. Secundo : oui ou non des pieds dépassaient-ils de la Mercedes sur le sol du garage ?

La réponse étant oui, à qui pouvaient-ils appartenir sinon à un saboteur ? Tercio : durant le diner ma laide-mère était fébrile et nerveuse, inquiète que le téléphone porteur de mort ne retentisse pas. Qui plus est, elle a violé les usages en décrochant elle-même. Quarto : après l'accident elle nous a faussé compagnie plus subitement qu'un pet sur une toile cirée. Quand je dis nous, je devrais préciser je car Justine était aux abonnés absents. Mademoiselle Nunuche refuse d'élever le moindre soupçon. La naïve enfant croit en la bonté humaine, se leurre en la pureté adoptive de Truimoche. En cas de danger, elle s'enfonce la tête dans la morale comme l'autruche sous le sable. Il est rageant que pour une grande occasion l'idiote ne se coalise pas avec moi en défense de son père assassiné ! Mon Papa, tu étais le portrait du conquérant moderne. Tu avais tout compris de la société nouvelle. Tu commençais à devenir puissant. J'aimais ta force et ton dynamisme. La garce au fessier plat ne l'a pas supporté. Elle n'a pas hésité à faire supprimer Papa. Comme elle est lâche, elle n'a pas agi elle-même. Pourtant, ce n'était guère sorcier de lui verser une dose de poison dans son vin. Je l'aurais fait à sa place. Elle non. Elle n'a même pas eu la franchise d'engager un vrai tueur à gages. Avec sa fortune ! Elle a préféré un truc tordu, indirect, aléatoire, vicieux : le sabotage de son véhicule. La direction ou les freins sans doute. Elle n'ignorait pas l'attirance de Papa pour la vitesse, son insatiable besoin de foncer au maximum. Elle les connaissait ces gros platanes sur cette route à trois voies. Comme au casino, elle a joué, elle a parié, elle a gagné. Oui, je la revois au diner ma laide-mère, excitée comme un vautour qui dépèce un cadavre. Ne te réjouis pas trop ignoble garce, tu ne perds rien pour t'attendre.

Dès que j'aurais accumulé assez de preuves, je te dénoncerai. Pour dénicher tes points faibles, je pactiserai avec tes ennemis qui doivent pulluler tant tu es odieuse.

Ou bien je te tuerai. Avec délectation.

Papa je t'aime. Truimoche je te hais.

Justine

III

Insaisissables ondoient ses taches, bleues comme les ecchymoses de mon cœur, olivâtres comme la gangrène de mon âme, argentées comme les reflets de mon espoir. Sans cesse mouvantes, ses eaux miroitent reflétant mes douleurs et mes angoisses. Je me plais à contempler la mouvance fluide de cet étang endormi, à la fois narcotique et magicien. Au moindre bruit, je cligne des yeux afin que nulle morne réalité ne s'insinue dans ma rêverie. L'imaginaire est mon refuge et ma paix.

J'ai tant de motifs de désarroi et de tristesse. D'abord ma petite sœur Agathe ne s'entend pas avec moi. Pourtant moi, je m'entends bien avec elle. Enfin presque. Pas dans le réel malheureusement, dans mes rêves plus précisément. Ce que je souhaite ardemment exprimer est que si elle ne m'était pas aussi ouvertement hostile, j'aurais tant de joie à m'entendre avec elle. Nous avons tant en commun ! Chaque nuit, j'invente des relations apaisées et harmonieuses où nous échangerions idées et projets. Chaque matin, je dois constater que cela empire. Cette situation est aussi ancienne que mes souvenirs d'enfance. L'âge aidant, je devrais m'endurcir. Il n'en est rien, plus le temps passe, plus je le déplore et en souffre. Ma peine est d'autant plus vive que je comprends Agathe. Oui, c'est avec une lucidité épouvantée que je saisis les raisons de son antipathie pour moi. Hélas, aucune de celles-ci ne tourne à mon avantage ! Il est en effet probable, certain même, que si j'étais dans la peau d'Agathe, je ne m'aimerais pas. Je ne suis ni jolie, ni spirituelle, ni vive. A l'inverse, j'éprouve vis-à-vis d'elle une immense admiration ; sa personnalité abrupte me fascine. Alors que je suis une hésitante anonyme, une perdante terne, elle est une battante lumineuse, une gagneuse flamboyante. Entre nous deux, non seulement le fossé est immense, mais avec le temps il s'accroît, jusqu'à se transformer je le pressens, en abime. Que ce soit sur le plan du caractère, du physique ou de l'intellect, je suis dépassée de cent bornes, blackboulée comme un culbuto, écrabouillée comme un vieux chewing-gum.

Pourtant j'essaie de lutter, de me démener, de réagir. Plusieurs fois, j'ai été sur le point d'appeler Ménie Grégoire pour que par ses judicieuses recommandations, elle mette fin à mes angoisses. Quand j'entends son émission sur RTL, j'ai l'impression qu'avec sa voix tendre et compatissante, elle peut tout comprendre et tout soulager. J'avais le téléphone en main mais, au tout dernier moment, j'ai renoncé. J'ai craint de bafouiller à l'antenne, d'avoir l'air de la gourde intégrale et irrémédiable, inapte à exposer clairement mes broutilles, mes bagatelles insignifiantes. Aussi insignifiantes que ma personne. A défaut de la joindre en direct, l'écoutant régulièrement, je crois m'être imprégnée de son état d'esprit. J'ai assimilé, je crois, le sens général de ses conseils : au départ, acceptetoi telle que tu es. A ce propos, il semble étonnant que pour se changer, il faille commencer par être soi-même. Enfin, c'est là mon interprétation de son message. Pourvu qu'elle soit correcte et que je n'aille pas commettre une nouvelle bévue ! Dans le concret, être soi-même, s'accepter avant l'amélioration à venir va représenter une énorme et douloureuse entreprise. Car il y a longtemps que je me fuis. Moi qui repousse l'image de mon corps, je vais devoir l'assumer.

Ainsi hier, après avoir verrouillé la porte, je me suis plantée devant la glace de la salle de bain. Dans une brusque prise de conscience, j'osais enfin subir l'épreuve de vérité : revoir mon corps après trois ans d'absence. Mon visage, je ne le connais que trop, il est banal et poupin. Je ne le poudre ni le maquille, c'est trop risqué. A dire vrai, il y a un an, j'ai bien fait une tentative d'améliorer mon style en me redessinant des lèvres tendance vamp charnue. A grands frais, j'avais sélectionné un repulpeur rose doré dont j'ai soigneusement orné le contour de ma bouche. Mais les gloussements perçants d'Agathe au vu du résultat m'ont couverte de ridicule et m'ont coupé mes effets. Du reste, Maman me tapote souvent la joue en ajoutant “Toi Justine, avec ton joli teint, inutile de te maquiller !” Bon, à la rigueur le grain de peau est correct sauf qu'à chaque émotion des plaques érubescentes me montent au visage. Comme la vie est constituée d'émotions successives très rapprochées, mon “joli teint” rime la moitié du temps avec pomme de Boskoop, l'autre moitié avec lavabo. Rouge ou blanche. Pas d'intermédiaire. Je ne parviens pas à me contrôler et oscille en permanence entre ces extrêmes. A part ça, ma tête forme un ovale moyen qui n'attire aucun commentaire. Mon nez insignifiant par ailleurs, semble légèrement dévié vers la droite à cause d'une narine droite exagérément béante. Ah, cette narine, combien de fois je l'ai détestée, immuable sur le miroir. Un temps, durant la nuit, j'ai tenté de l'aplatir avec un sparadrap qui m'obligeait à respirer par la bouche. Ah, ma bouche parlons-en justement ! Elle s'arque vers le bas et semble toujours triste. C'est logique d'ailleurs, elle est comme moi cette bouche, elle a peur de la vie. Pour mes cheveux, c'est pire. Je les trouve maigres et ternes. Jamais je n'oserais les exposer chez un coiffeur. D'avance, je redoute le regard aigu des clientes. Du coup, je les coupe moi-même avec mes ciseaux de classe après quoi ils prennent des allures de vieux balai désaffecté.

Je reviens au reste de ma personne, à tout ce qui est situé au dessous du cou. Eh bien croyez-moi si vous le pouvez : durant trois ans, mon corps, je l'ai puni d'être déplaisant. Il a été privé d'image. Je me suis juré de ne plus l'exposer en entier devant moi. Ce fait est authentique : j'ai trouvé des ruses pour camoufler mon corps à moi-même. Refuser son reflet aux miroirs, masquer sa présence à ma conscience. Au début, l'exercice était épuisant. On ne s'imagine pas la quantité de pièges qui se disséminent en ville ou à la maison. Chez soi, on connaît par cœur l'emplacement des grandes glaces mais dès que l'on se trouve chez les autres, l'embuscade éclate à chaque coin de pièce. Dehors, sous certains angles, les vitrines des magasins se transforment en vrais miroirs. Fuir son image s'expose à heurter gauchement un meuble ou trébucher à cause d'un soudain évitement du regard qui élimine un précieux repère. Prendre une douche sans abaisser son regard sur soi est faisable. Avec l'habitude, on parvient à tout. J'ai désormais de l'expérience, ayant débuté cet exercice depuis l'année 1979. J'avais alors quinze ans. En cet instant, je franchis donc un grand pas, coïncidant peut-être avec la fin de mon adolescence. Pour éviter un choc frontal, j'ai d'abord revêtu un peignoir. Je ne me suis dévoilée que progressivement. L'épreuve a été rude, mais j'ai tenu. Cette gangue qui m'entoure, m'enserre et me poursuit est rebutante. Pourtant, mon corps ne dégouline pas, il n'est ni obèse, ni squelettique : il n'est rien, c'est un néant esthétique. Aucune portion pour racheter l'autre. Les seins sont petits et en forme de poire : oui des petites poires, voilà mes seins. J'avance un doigt hasardeux sur leur surface molle et onctueuse. Pouah ! Plus bas, le ventre est doté d'un repli dont je ne comprends pas l'usage. Avec mon index je le soulève, tentant percer le motif de cette inutilité. De découragement, je ferme les yeux tâtonnant à la recherche de l'interrupteur. Je rallume, le pli ventral subsiste. Ma taille, je la cherche : elle est si peu marquée qu'on chercherait à la situer entre mes seins en poire et mon petit bedon. Songeuse, je m'assieds sur le tabouret. Que faire désormais ? Accepter ça, je le ferai Ménie, ainsi que tu le recommandes ? Mais ce sera dur.

M'accepter est donc consentir à cette anatomie ingrate exacerbée par un manque de goût chronique pour l'améliorer. Inutile de s'étonner de ce pesant constat : les garçons qui pullulent autour d'Agathe jamais ne posent sur moi le soupçon d'un regard. J'ai eu l'air fin lorsque moi grotesque ainée, j'ai timidement, à la sauvette, tenté de soutirer à ma cadette des conseils de maquillage. Serviable, celle-ci m'a fait comprendre que mon physique était améliorable. Non seulement elle est jolie, mais en plus elle accepte de m'aider !

– Paye-toi au moins une fois dans ta vie un bon coiffeur. Modifie-moi dare-dare ta crème hydratante. Mets enfin le prix qu'il faut dans tes "produits de beauté".

Quand elle l'a prononcée, j'ai littéralement perçu les guillemets qu'elle disposait autour de l'expression. Dans sa bouche, il aurait sûrement fallu inventer une appellation du genre : cache-misère ou peine perdue. Produits de mocheté, ç'aurait été trop direct mais je parie qu'elle avait ces mots au bord des lèvres.

– Et puis ma vieille, évite de suçoter tes boules de gomme en permanence et d'avaler une barre de chocolat après chaque repas. Avec cinq kilos de moins, tu commencerais à devenir présentable.

Agathe est dure mais elle a sûrement raison. Je consomme trop de boules de gomme et de chocolat. Heureux encore qu'elle n'ait pas noté les nounours. C'est plus fort que moi, ces petits animaux élastiques me réconfortent. En tout cas, je ne peux que la remercier de ses précieux conseils et de la peine qu'elle a consacrée à s'occuper de mon esthétique en péril. Je le répète : Agathe est mon contraire, Agathe est pétrie de talent. Non seulement elle ne mange pas de bonbons mais qui plus est, elle a le culot de fumer en cachette des Chesterfield. Une telle audace me fascine. Et puis, elle m'impressionne avec son goût inné pour s'habiller. Sa façon d'affronter la vie en croquant à belles dents chaque instant me semble miraculeux. Tandis que pour moi, l'existence est lourde. Sans cesse, je tente en vain d'en déchiffrer un sens. Aucune réponse n'est fournie à mes interrogations anxieuses. Je fais face à un avenir indistinct, inquiétant comme le fond d'une mare glauque. Il me reste évidemment ma petite Maman qui prend si bien soin de nous. Quel malheur qu'elle et Papa ne se soient pas entendus ! Dix ans déjà qu'ils ont divorcé. Pourtant, jamais ils ne se disputaient. Il est vrai qu'ils se voyaient peu. A chaque retour, Papa entrait en coup de vent, la cravate dégrafée, il l'embrassait sur la joue. Les jours de chance, il ouvrait doucement la porte de notre chambre, à Agathe et moi. Il déposait un gros cadeau au pied de son lit et un petit au pied du mien. C'était normal, je lui avais affirmé que c'était lui que j'aimais, pas ses cadeaux. Mais le plus souvent, la porte demeurait inexorablement close. Moi, veillant derrière cet obstacle infranchissable, sous la tension d'une anxieuse espérance, je le guettais, sursautant au moindre bruit. En vain. Là aussi c'était normal qu'il nous oublie, car Papa travaillait énormément ; il devait avoir le crâne en ébullition et les idées en perdition. Maman n'omettait jamais de nous souligner son acharnement à la tâche. Elle ne tarissait pas d'éloges sur ses qualités et nous faisait promettre de l'aimer toujours. Face à l'activité volcanique de son époux, elle s'est entêtée à briquer la maison bien après que cela est devenu superflu. J'imagine que c'est la crainte de paraître oisive qui la poussait. Pourtant, Papa l'aurait admis puisqu'un jour, il lui avait solennellement déclaré :

– Maintenant Huguette, nous sommes riches. Tu vas pouvoir te reposer et te payer une femme de ménage à plein temps. Et j'insiste pour que tu renouvelles entièrement ta garde-robe. N'hésite pas, va même chez les grands couturiers, chez Dior, chez Givenchy.

– Oh Jérôme, Givenchy tu exagères. Tu me prends pour Audrey Hepburn !

Elle est devenue aussi écarlate que moi dans mes grands jours et a pouffé. Pouffé d'un rire bizarre et inquiétant. Petite, j'aimais quand elle se montrait gaie. Ses magnifiques yeux bruns scintillaient et je lui disais en la caressant "Mamounette, on dirait des étoiles". Mais là, je me suis sentie mal à l'aise. Rétrospectivement, j'ai l'impression que mes parents étaient peu à peu devenus étrangers l'un pour l'autre. Pourtant, Maman qui est coquette à sa manière s'est empressée de suivre les recommandations de Papa.

Comme frénétique, elle a acheté coup sur coup plusieurs robes, tailleurs et ensembles. Elle voulait tellement plaire à Papa, c'est certain. En revenant de ses courses, très excitée, elle ne tenait plus en place, impatiente de les exhiber. Cependant, elle a attendu qu'Agathe descende jouer dehors pour débuter son défilé de mode. "Tu comprends, je ne veux pas l'ennuyer avec mes sottises. C'est encore un bout de chou." Avec moi pour seul public, elle a dévoilé ses habits un à un, paradant comme un mannequin. Avec leurs couleurs chatoyantes et leurs tissus souples et soyeux, j'ai trouvé tous ses vêtements magnifiques. Dans sa robe bleue à grandes fleurs, elle ressemblait à une fée. Mais c'est surtout avec son fourreau scintillant, tout en or et argent, que je l'ai applaudie. Agathe qui remontait de la cour a lancé de sa petite voix pointue :

– Maman, il est vachement rigolo ton déguisement ! On dirait la tunique d'Alex. Mais si, tu sais, le clown du Cirque Bouglione.

Pauvre Mamounette, je doute qu'un seul de ces vêtements t'ait servi lors d'une sortie avec Papa. Lui était tellement pris par des diners d'affaire. Et puis, il était devenu si chic et mondain que sans doute, il n'a pas adhéré à tes choix vestimentaires. En fouillant dans ton armoire, je l'ai entendu s'exclamer "Ouille aïe aïe, pauvre Guéguette, ça pue le Prisunic à plein nez. Avec ça, désormais je suis sûr et certain de n'avoir pas épousé Audrey Hepburn !" A partir de cette époque, Maman s'est plus que jamais acharnée à accaparer la cuisine. Quand elle n'y travaillait pas, elle y restait des heures captivée par les émissions de variétés sur le vieux téléviseur. Pourtant, un appareil flambant neuf trônait sur une console de la salle de séjour. Il complétait la série des meubles Knoll que Papa avait tenu à acquérir afin de renouveler le mobilier de fond en comble. Il était tout particulièrement fier de ses chaises Harry Bertoia, en métal inoxydable tressé. Maman m'a confié qu'elle les jugeait "probablement" superbes et élégantes mais glaciales. "Tu vois, ma Justinette, ton Papa a maintenant trop bon goût, je n'arrive plus le suivre." Du reste, je comprenais son attitude. Moi aussi j'aurais préféré regarder *Age tendre et Têtes de bois* sur la vieille chaise en bois de la cuisine plutôt que siroter un whisky hors d'âge au salon parée d'un ensemble de chez Dior. Au début Paul Anka, Eddy Mitchell et Richard Anthony étaient ses chanteurs favoris. Ça, c'était avant qu'elle n'entende Claude François interpréter *Car tout le monde a besoin d'amour*. Dès cet instant, elle est tombée en extase envers lui. Elle était persuadée que Cloclo avait lu dans son âme avant d'écrire sa chanson, les yeux perdus dans un lointain mélancolique. Elle est devenue fan du chanteur, un peu honteuse toutefois d'avoir manqué ses premiers titres. Sur ce plan, Maman m'a nettement influencée. Je narre ces anecdotes pour souligner mes différences avec ma sœur. Le jour de mes questions sur le maquillage, lorsque pour l'amadouer j'ai évoqué cet épisode d'enfance, Agathe m'a lancé : “Et tu as avalé ça pauvre pomme. Cloclo inventer des paroles ! Encore heureux s'il sait écrire son nom. Le choupinet est trop occupé à se trémousser devant la glace pour vérifier si son sourire dentifrice est bien accroché !” Voilà, une nouvelle fois elle me fait comprendre que j'ai mauvais goût. Parfaitement Agathe, je suis d'accord avec toi. Je suis une tarte, un boudin et une godiche. Mais plutôt que de m'ignorer, conseille-moi, éduque-moi. Je n'attends que ça de ta part.

Maman a toujours insisté pour recevoir nos grands-parents paternels une fois par mois. “C'est très important de rester soudés dans une famille, Justinette. Hélas, de mon côté mes parents sont morts trop tôt !” Lors de ces visites, quand Papa n'était pas absent pour cause de voyage d'affaires, il se montrait tendu. Il leur parlait sans jamais les regarder et lorsqu'eux s'adressaient à lui, il avait tendance à lire *Le Figaro*. Lui qui s'exprimait rarement en politique, se mettait alors à frapper les feuilles du journal du revers de sa main en s'exclamant “Eh bien, ça y est ! Ils ont réussi à avoir sa peau au Général. Bien joué, il a démissionné. C'est les socialo-communistes qui doivent jubiler." A ce moment-là, Mémé baissait la tête tandis que Pépé lui lançait un regard glacial. En les quittant, Papa embrassait Mémé dans le vide et serrait la main à son père. Comme ils se déplaçaient en autobus, Papa leur demandait rituellement quand ils se décideraient enfin à acquérir une voiture. Il posait la question si sèchement qu'on aurait cru un instituteur grondant de mauvais élèves. Mémé se mordait alors la lèvre comme pour ne pas pleurer et j'avais de la peine pour elle. Pépé lui restait très digne mais soupirait sa réponse d'un air si las qu'on aurait dit qu'il voulait aller se coucher :

– Jérôme, pour la centième fois, je répète que je n'ai aucune intention d'acheter un véhicule. Comprends le bien, c'est un choix de vie, une question de principe. Automobile et télévision sont les deux mamelles de l'aliénation. Un asservissement au machinisme d'un côté et au mauvais goût ambiant de l'autre.

– Restes-y dans ton Moyen-âge ! Pourtant, je suis certain que maman n'attend que ça. Mais regarde-la cette malheureuse, tu n'as pas noté pas son air épuisé ! Et si le sort de ton épouse t'indiffère, songe un peu à la réputation de ton fils et de ta belle-fille ! Apprends pour ta gouverne que la maison des Bougival est située juste en face de l'arrêt de bus. Ils savent parfaitement qui vous êtes. Je les imagine vous épiant derrière leurs rideaux. Pour peu que vous débarquiez sous une pluie torrentielle, toi et ton vieux complet démodé, maman et son panier troué en osier, un fichu en plastique sur le crâne. Tous deux dégoulinants de modestie morose. Je n'ose imaginer leurs commentaires ! Même s'ils sont trop bien élevés pour se permettre la moindre allusion directe, ils vont me cataloguer comme issu de très petites gens. Aie la décence d'admettre que ton obstination nous est préjudiciable. Paie-toi au moins un taxi !

Désormais, bien que Papa n'habite plus avec nous, Maman continue à inviter Pépé et Mémé. J'approuve chaleureusement cette marque d'attention. Les abandonner à leur sort aurait été trop douloureux pour eux. Les jours de visite, Agathe s'arrange pour se faire inviter par des amis et Maman n'insiste pas pour la retenir. Elle affirme ne rien avoir de commun avec "ces gens". Sur ce point, je ne l'approuve pas car, qu'elle le veuille ou non, du sang commun irrigue nos veines. Il est vrai qu'avec ses yeux enfoncés, Pépé fait un peu peur. Sa conversation est intéressante mais il la débite d'un air si abattu et désabusé qu'il me donne envie de pleurer. Mémé est aimable mais quand elle arrive avec ses minuscules paquets de bonbon, c'est comme si elle avait l'air de s'excuser. Elle donne l'impression d'avoir honte du matin au soir. Elle se trompe ma pauvre Mémé, moi je l'accepterais avec son gentil sourire triste, sans aucun cadeau. Je devine que Papa juge les choses autrement. D'après moi, c'est précisément cette attitude humble qui l'exaspère et le conduit à les éviter. Forcément, du fait de sa réussite si éclatante, il se trouve en décalage.

C'est en ce sens que j'interprète le choix de sa nouvelle épouse, une personnalité forte et brillante, une femme énergique et élégante. Avec Maclaude, il a pu retomber sur ses pieds, discuter d'égal à égal. Entre tous ces êtres chers de mon entourage, je me sens effroyablement tiraillée. Ils s'entredéchirent sans cesse, ont l'air de se détester alors que je soupçonne entre eux plus qu'une complicité : une communion. Quelle bonheur ce serait si nous pouvions tous nous réunir au cours d'une grande fête de famille. C'est là un grand rêve que je me construis. Ma petite Maman si tendre, aimante et compréhensive le comprendrait, même si devant elle je n'ose évoquer le sujet. Pourtant, je suis convaincue qu'elle éprouve encore pour Papa des sentiments ardents, la réciproque étant plus que probable. De toute façon, il est de mon devoir de la protéger. Tant de gens ne la comprennent pas !

Autrefois, écolière, sans le vouloir, je lui ai causé parfois bien du souci. Je me souviens par exemple de l'année où elle m'a confié la responsabilité de ma petite sœur. Quand je dis l'année, le terme est inexact, car l'expérience n'a duré que quatre jours. Quatre jours de souffrance et d'anxiété pendant lesquels Agathe était censée m'obéir sur le chemin de l'école. Pour être franche, dès le début je savais que j'échouerai. La nuit précédant cet épisode, j'avais mal dormi et m'étais relevée trois fois pour faire pipi. Déjà, ma cadette me surpassait par sa grâce et sa vivacité. Avec sa petite robe rouge à festons, elle ressemblait à une petite gitane endiablée. Moi et ma robe verte, je tenais du crapaud estropié. Non finalement, Agathe n'est pour rien dans cette débâcle. L'échec, il est en moi ; je suis un échec vivant. Il fallait qu'il en soit ainsi. Ma souffrance était méritée. En revanche, la douleur et le chagrin injustes que j'ai infligés à Maman ne l'étaient pas. Elle les a subis par ma seule maladresse. Que je me sois sentie humiliée était logique. Mais que toi Maman, tu te sois sentie coupable est inacceptable. Tu m'avais fait confiance et je t'ai déçue. Le matin, en secret, tu m'avais confié que tu nous préparais des crêpes à l'occasion de la Chandeleur. Par ma faute, ta belle fête a été bousillée d'autant plus que Papa est arrivé au plus mauvais moment : toi et moi en larmes devant une Agathe à la belle robe souillée de boue.

Papa, mon Papichounet, tu prêtais peu attention à moi, ce qui n'était guère étonnant. Pourtant le soir de ma faute, gentiment tu m'as caressé le haut du crâne. Tu n'as rien prononcé contre moi. J'ai toujours su par tes yeux que tu étais bon et indulgent. Juste après l'incident, tu avais passé l'éponge au point de nous inviter, Agathe et moi à t'accompagner dans une tournée d'inspection de quelques jours. Je me suis sentie bouleversée de joie par l'honneur que tu m'accordais mais en même temps pétrifiée par l'impossibilité d'accepter à cause de la maitresse. J'avais promis-juré en crachant par terre de chanter à la chorale de l'école. Des sanglots étaient près d'affluer et mon teint était devenu lavabo. Ma petite Maman m'a sauvé de la honte en invoquant ma composition de calcul. Aussitôt le sang m'est afflué aux joues et je suis devenue Boskoop. Malgré tout, je me suis sentie fautive de ce refus et je craignais que Papa ne m'en tienne rigueur. Après son retour, je l'ai guetté pendant trois semaines, brûlant de lui implorer pardon. Comme il était très occupé, les occasions de le rencontrer seul à seule étaient rares. N'y tenant plus, je me suis enhardie à pénétrer dans les toilettes où il lisait le journal tous les matins. Je tremblais tellement que j'ai trébuché en ouvrant la porte sacrée. Et c'est étendue au sol, terrorisée, que je l'ai contemplé, trois marches plus haut, installé comme sur un trône. En dépit de son pantalon en accordéon sur les chaussures, Papa m'est apparu comme un roi. Á son froncement de sourcils, j'ai viré au coquelicot, consciente de mon acte de lèse-majesté et j'ai rampé dehors mortifiée, sans avoir ouvert la bouche. Agathe, qui avait assisté à la scène par l'entrebâillement de la porte m'a chuchoté :

– Alors, mademoiselle s'intéresse aux quéquettes des messieurs !

IV

Maclaude est une grande dame au visage intéressant. Raffinée, toujours tirée à quatre épingles, elle est coiffée à la perfection. Son dernier tailleur mauve était sublime. Je l'admire presqu'autant qu'Agathe qui à mon avis lui ressemblera plus tard. Non pas au point de vue des traits mais du style et de la prestance. Il est vrai que son visage n'a pas l'harmonie de celui de ma sœur, il est sévère et ses yeux assez gros - Agathe dit globuleux. La forme de son corps est spéciale mais elle au moins n'est pas affligée d'un arrière-train prospère comme le mien. Agathe résume ainsi : planche à pain à ma droite, gros popotin à ma gauche. Du reste, ce qui compte chez la femme, n'est pas tant la beauté, c'est la manière dont on tire parti de données imposées. Sur ce plan là, Maclaude est une virtuose ; si je ne possédais que dix pour cent de ses dons, je serais enfin présentable. Quel dommage que ma petite Maman, si belle de nature ne prenne plus le temps de se bichonner. Depuis le départ de Papa, elle est comme brisée et a cessé de prêter attention à son apparence. Compte tenu de son allure de reine, j'arrive à comprendre que Maclaude ait tendance à me brusquer, moi la cane boiteuse de la famille. Il est inévitable qu'elle soit tentée de faire des comparaisons avec les personnes de son entourage. Agathe et Papa sont tous deux si vifs d'esprit et tellement bien arrangés ! Extraordinaire : en pyjama et pantoufles, ils sont présentables dès le lever du jour. Dès sept heures, ils ont un style à eux, une présence. De surcroit, ils ont le chic pour s'exprimer. Enfin chacun dans son registre. Agathe s'exprime par mots acérés, par piques, par ironie. Papa s'exprime par son attitude, son corps, son visage. Par rapport à eux je détonne. Hélas, c'est dans ma nature de m'engager avec lenteur. Au petit déjeuner, je suis leur contraire : j'ai les cheveux en bataille, je baille, je me frotte les yeux. Comme je pèse le pour et le contre, quand je réponds à leurs rares questions, ils ont déjà entamé un autre sujet. Forcément, je m'interroge sur le bien et le mal et subdivise chaque cheveu en huit. Après avoir élaboré ma réponse, j'ai honte de l'exposer car elle ne peut être aussi intelligente que leurs idées. Lorsque j'agis de même avec des gens simples, tout va bien car eux possèdent la patience de ceux qui n'attendent plus rien. J'épluche sans hâte leurs problèmes quotidiens, en prenant soin de ne pas les vexer. Pour les résoudre, je les questionne et à l'inverse, devant moi, ce sont eux qui paraissent embarrassés pour répondre. Comme je comprends leur gêne, il m'est plus aisé de les décider à parler et ensuite de les réconforter de mon mieux. Eux ne m'intimident pas. Cela explique que mon emploi actuel d'assistante sociale me va comme un gant.

A ce propos, Maclaude m'a aimablement défendue en approuvant mon choix. Elle a ajouté que d'ailleurs, il n'y avait pas de sot métier. Agathe prétend que sa formule est méprisante, signifiant qu'elle me croit inapte à occuper un poste plus intéressant. Je prendrai le temps de réfléchir à son objection car quand j'aborde une question, c'est toujours à fond. Autrefois en classe, c'était plus fort que moi, j'avais toujours l'impression que l'énoncé était incomplet ou que je l'avais mal enregistré un détail. Pour être absolument sûre, je le relisais donc trois fois. Comme inquiète, à la recherche de l'élément caché, j'ouvrais la bouche, tout le monde s'imaginait que je n'avais rien compris. Déjà dans les problèmes de robinet, je flairais des pièges imaginaires. J'étais persuadée que quelque part sur la ligne principale, se dissimulait une dérivation secondaire qui pompait une partie de l'eau. A cause de tous ces inconvénients, mes devoirs étaient rendus incomplets. Pourtant, lors de la correction, j'étais déçue par le résultat, vraiment trop simpliste. Découragée, j'ai donc décidé de ne pas entreprendre de longues études car si étudier me plait, je suis certaine d'échouer aux examens. Avant d'opter pour assistante sociale, je m'étais replié sur une formation de laborantine. Je voyais là une profession sans souci dans laquelle il suffisait d'être scrupuleux et ordonné. Mon professeur de physique monsieur Latome s'en est montré courroucé. C'est le seul à avoir jamais saisi mon mode de pensée et il a estimé que c'était du gâchis : "Avec votre esprit logique et méthodique, votre patience à tout analyser, vous auriez pu commencer pharmacienne et terminer chercheuse". Même si son analyse est exacte, il était hors de question que je fasse supporter à Mamounette le coût d'une scolarité prolongée. Ainsi, ma vie s'écoule calme, morne et réglée. Du moins c'était avant que ne retentisse le coup de tonnerre de l'amour. De ce choc absolu, je suis si émue que j'en tremble encore.

Oui, un incroyable évènement s'est produit : je suis désormais fiancée avec Maurice Bunel. Il est artisan plombier. Je l'ai rencontré au bal des pompiers le soir d'un 14 juillet. J'y étais allée à contrecœur avec Annick Brouchon pour faire plaisir à Maman qui s'inquiète de me voir esseulée. Avec ses grosses lunettes - des vraies loupes - et quelques boutons sur les joues, Annick n'est pas splendide. Malgré cela, elle est pétulante et toujours de bonne humeur. A peine arrivée, elle s'est précipitée danser le rock comme une diablesse en furie. Pour ma part, je m'étais repliée derrière des bacs de plantes grimpantes pensant échapper à la curiosité publique. En dépit de cela, entre deux grosses feuilles vertes, j'ai senti un regard bleu se poser sur moi avec insistance. Avant de vite détourner les yeux, j'ai cru deviner un garçon à complet noir égayé d'une cravate rouge vif. Affolée de timidité, je me suis mis à scruter mes pieds qui par réflexe de crainte s'étaient tournés vers l'intérieur et j'ai tiré sur le bas de ma jupe afin de dissimuler au maximum mes ignobles jambes. Cela n'a pas empêché un grand jeune homme de se planter devant moi. Avec sa mèche travaillée et ses grands yeux, il était très beau. Il n'avait pas la mine de voyou de certains individus qui me sifflent dans la rue. Il était si parfait que j'étais persuadée qu'il se trompait, qu'il me confondait avec une de ses connaissances. Lui, avec une nerveuse autorité s'est entêté. Il s'est emparé de mes mains, me contraignant à me lever. Sa voix confuse et craintive contrastait avec la vigueur de son geste.

– Excusez-moi mademoiselle si je vous force un peu. Mais dès que je vous ai vu arriver dans cette salle… Bon enfin, euh… voilà, c'est le 14 juillet, c'est la Fête Nationale et tout le monde doit danser ! Moi, c'est Maurice, et vous ?

– Moi c'est Justine mais les gens m'appellent Titine… En plus, je ne devais pas venir vu que je ne sais pas danser… Enfin, un peu la valse, oui avec ma mère dans la cuisine… mais c'est passé de mode.

– Pas de problème, Justine, je vais t'avouer un truc. Moi, je suis fan de danse. La danse, c'est ma passion. Je peux apprendre un pas à n'importe qui. Tiens par exemple, en ce moment l'orchestre joue une salsa. J'adore la salsa ! Ça déménage un maximum ! Eh bien, je te parie qu'en un quart d'heure tu as tout pigé, tu te débrouilles comme un chef.

J'ai rougi Boskoop et d'un seul coup les larmes sont montées. J'étais si émue, heureuse et déconcertée que je me suis rassise le visage entre les mains, pleurant bêtement « Ce n'est pas possible, pas possible !» Après une longue hésitation, Maurice est reparti sans insister. Étant tombée foudroyée d'amour dès la première seconde, je me lamentais de plus en plus sur moi-même et sur ma stupidité d'avoir gâché cette merveilleuse occasion. De temps en temps, Annick réapparaissait, rigolarde, pour éponger son visage en sueur avec mon mouchoir. Elle était si radieuse qu'on ne remarquait plus ses boutons. Vers minuit, les lumières crues des néons se sont estompées pour faire place à des lampions multicolores. La musique est devenue suave, moelleuse, à faire pleurer de douceur. Comme dans un miracle, Maurice est alors réapparu. L'orchestre jouait *La Maladie d'Amour*, chanson divinement sentimentale que Maman fredonne souvent. Quand il m'a pris la main, j'ai eu un réflexe de recul : c'était la première fois qu'un homme me touchait et je me suis sentie agressée par ce contact. Puis une agréable tiédeur m'a envahie, mon corps entier s'est amolli. Comme anesthésiée, je remuais les jambes au hasard, enivrée par les voix mêlées de Maurice et de Michel Sardou. Mes pas étaient si mal assurés que j'ai piétiné par trois fois les chaussures de mon partenaire. Vers la fin du morceau, quand celui-ci m'a pressée contre lui, j'ai frissonné de cette hardiesse excessive. Maman m'avait mis en garde contre des individus dangereux qu'elle qualifiait de satyres, sadiques ou voyeurs, généralement revêtus de longs imperméables. Par mesure d'urgence, j'ai jeté un coup d'œil apeuré sur les autres couples. Tous ou presque se tenaient étroitement enserrés, enlacés, embrassés. Certains étaient si accolés qu'ils ne formaient qu'un seul corps. En face de moi, la tête d'une femme aux cheveux épars, dodelinait posée tendrement sur l'épaule de son cavalier, les yeux mi-clos. Ce tableau m'a rassérénée bien que j'aie dû me maitriser quand les lèvres de Maurice se sont posées sur les miennes. Ensuite, je n'avais pas prévu que sa langue s'inviterait également au fond de ma bouche.

Malgré la surprise, tout s'est très bien déroulé et je me suis sentie agréablement bizarre, pleine de picotements dans des endroits secrets. Depuis cette nuit-là, nous nous revoyons régulièrement et avons décidé de nous marier, après les fiançailles naturellement. Avec Maurice, je vais donc me lier pour la vie à un homme sérieux, responsable et travailleur, ce qui ne l'empêche pas de m'avoir appris la salsa, le tango et le reggae.

Maman le trouve gentil et serviable bien qu'elle ait préféré un garçon doté de meilleure situation. Elle m'a suggéré de demander à Papa de lui avancer des fonds pour développer son affaire de plomberie. Je n'oserais jamais. Déjà, il m'a fallu du courage pour lui annoncer ma liaison avec un homme au palmarès professionnel aussi modeste. Contre toute attente, Papa s'est montré détendu, disponible et a mis à disposition un de ses restaurants pour la cérémonie de fiançailles. Avant même que je n'ouvre la bouche à ce sujet, il s'est intéressé à son commerce et a proposé spontanément d'y investir. Pour cela, il priait seulement Maurice de préparer un plan stratégique. Simple histoire de se pencher sur des éléments-clés comme le nombre de succursales, les investissements en matériel et bien sûr chiffrer le personnel à embaucher. Pointant le doigt sur Maurice, il a ajouté “Et le rendement sur capitaux investis, naturellement, vous l'avez évalué ?" Il a ajouté en fixant Maurice avec acuité "Ne serait-il pas judicieux de s'inquiéter des changements technologiques engendrés par l'avènement du plastique dans la construction ?" Je n'ai pas saisi le quart de ce que ses questions signifiaient. Quant à Maurice, il est sorti paniqué de l'entretien. Maintenant, il hésite à retourner voir mon père par peur des moqueries. Lui, son ambition se limitait à l'acquisition d'un petit local de trente mètres carrés rue de la Gare. Si tout allait bien, dans deux ans, il s'adjoindrait un apprenti, au mieux un compagnon. Á cause de cela, j'ai renoncé à remercier Papa pour l'offre du restaurant de sorte que la cérémonie s'est déroulée dans la salle polyvalente de Pontilly-sur-Yvenne. J'ai vraiment regretté l'absence de Papa qui pourtant avait pensé à nous, sous forme d'un splendide bouquet de fleurs composées. Ce décor floral était si imposant qu'il ne pouvait tenir sur la table. Malgré tout, que vaut un bel objet à côté d'un être cher ? Quant à ma petite Agathe, elle m'a fait l'immense plaisir d'être présente. Quand elle me l'annoncé, il m'a fallu m'enfoncer les ongles dans la paille de ma chaise pour ne pas hurler de joie. En fin de compte, je suis devenue Boskoop et j'ai pleuré. Quel malheur que ce beau souvenir ait précédé de si peu le drame !

Cet horrible évènement a en effet eu lieu lors d'un de mes séjours chez Papa, de sorte que je me sens un peu coupable de n'avoir pas su ou pu le prévenir. J'avais pris le train jusqu'à la gare Montparnasse car Agathe, qui m'avait promis une place dans sa voiture, s'était décommandée au dernier moment. Je ne la blâme d'ailleurs pas car je sais ma sœur très occupée, sollicitée qu'elle est par ses admirateurs. Il est naturel qu'une hyperactive de ce son genre n'ait guère de temps à me consacrer. J'étais donc arrivée la veille à Castel-Chevreuse en portant ma valise depuis la gare. Papa m'a bien assuré qu'il ne fallait pas hésiter à appeler le siège de Youpi y "sonner" son chauffeur personnel. Celui-ci se ferait un devoir de me véhiculer. Mais comme pour Ménie Grégoire, le trac m'a repris. L'idée d'être assise comme une personnalité sur les coussins de cuir d'une longue berline noire m'a fait rougir d'embarras. Et je me suis trouvée paralysée.

Le lendemain matin, Maclaude, toujours complaisante, a gentiment suggéré à Agathe de sortir se distraire au Musée de la ville. Par tact, elle ne me pas l'a pas proposé. Ainsi je n'ai pas eu à refuser, acte qui me coûte toujours, tant je crains de blesser les gens. En fait, j'aime bien rester dans ma chambre exécuter des travaux de broderie. C'est que, compte tenu de mon prochain mariage, je dois m'affairer sur un trousseau de draps brodés. Je trouve cela élégant, pratique et raffiné. Lente et minutieuse comme je suis, j'ai peur de prendre du retard. A dix heures, j'ai entendu sonner. Sans que je ne pipe mot, Maclaude m'a précisé au déjeuner qu'il s'agissait d'un mécanicien chargé d'effectuer l'entretien de la voiture de Papa. Ma belle-mère se montre très aimable en acceptant de me tenir au courant de ces petites péripéties quotidiennes. En fin d'après-midi, Papa est repassé chercher sa voiture. M'apercevant dans les escaliers, il m'a souri de façon un peu mécanique, non sans inquiéter de l'avenir de Maurice.

– Tiens voilà ma Justine ! A propos, ton ami Horace était sans doute très pris. Il a omis de me transmettre les petits détails financiers relatifs à sa future société. Au fait, ces fiançailles, c'est pour bientôt ? Je tiens absolument à en être.

– Mais Papa, la cérémonie a eu lieu il y a six mois ! Souviens-toi, tu nous as fait envoyer de superbes fleurs.

– Évidemment, évidemment… suis-je sot ! Je voulais dire… ce mariage.

– Oh ! Papa, je suis si contente. Ce sera le 17 juin. Promets-moi d'y assister !

– Le 17 juin, juste avant mon voyage à Marseille. Ça colle à merveille. Je pourrais me joindre à vous pour une heure. Voire une heure-et-demie ! A propos, invitez donc les Pédrochon de ma part. Lui occupe un gros poste dans le sanitaire, ça peut servir. Bien, ma belle enfant, je file, car je suis très, très en retard et j'ai un boulot d'enfer. Je ne t'apprendrai rien en t'affirmant que la réussite, donc le bonheur, passe par le travail.

Pour moi, Papa était un homme bon et malheureux. Je suis convaincue qu'il n'aimait pas réellement l'argent, il avait seulement une peur panique d'en manquer. Il souffrait de n'être pas reconnu pour ses mérites. Prouver au monde sa valeur était son obsession. Avec une joie triste, je me rappelle les derniers mots qu'il a prononcés après être revenu sur ses pas:

– Ma petite Justine, nous sommes tellement différents. Mais dans le fond, tu es la seule à me comprendre. Un jour, je te raconterai mon histoire. Sur ce, je me sauve.

Comme si se montrer tendre était indécent, il m'a claqué un petit baiser sec sur la pommette. A dire vrai, je ne sais si je l'ai totalement compris. Je ne suis pas aussi intelligente qu'Agathe. Pourtant, le jour du drame, j'ai l'intuition que Papa souffrait, il broyait du noir. Il n'avait pas peur des autres, il avait peur de lui-même. Papa avait beau être fier de sa réussite, souvent je l'ai perçu comme inquiet, insatisfait, inachevé. Il a saisi son imperméable sans noter qu'il le laissait traîner sur le sol. Son visage semblait particulièrement préoccupé. Pauvre papa, ses dernières paroles ont été "Je me sauve". En réalité, il ne s'est pas sauvé, il s'est perdu. J'ai dans l'idée qu'il voulait faire trop et trop bien. Á cet instant, il pensait nous quitter pour une semaine, mais ce fut pour toujours. Comme il détestait perdre son temps, surtout sur les routes, j'imagine qu'il a pris d'énormes risques en conduisant. A moins que le Destin ne l'ait voulu ainsi ! Je crois par-dessus tout en la force du destin ainsi qu'à la vie après la mort. Chaque semaine je consulte l'horoscope pour moi-même, et parfois pour les êtres qui me sont chers. J'ai commencé à prendre cette habitude le lendemain de ma rencontre avec Maurice. J'étais si anxieuse sur le devenir de nos relations qu'il fallait calmer mes nerfs par une certitude. Je l'ai obtenue sous forme de ce conseil : *le grand Amour est à portée de votre main, ne le laissez pas s'effriter, soyez solide et fidèle.* Cette recommandation de fermeté m'a aidé à prendre mes responsabilités, à surmonter ma timidité, à m'engager. Sans elle, j'aurais pu gâcher cette superbe aventure qu'est l'Amour. En revanche, cette semaine-là je n'avais pas pris le temps de consulter l'horoscope de Papa, de sorte qu'en dépit de son air soucieux, je suis demeurée assez sereine. Au contraire, pendant le diner, Agathe m'a semblé tendue et anxieuse. Cela explique son attitude un peu sèche envers Gina, la jeune bonne. Celle-ci qui est très fine, avait pourtant fait de son mieux pour détendre l'atmosphère. Tirée à quatre épingles, cette charmante jeune fille nous avait mitonné de délicieux spaghettis du pêcheur. Je lui ai fait honneur en me servant copieusement. C'est une déformation professionnelle, car dans mon travail, j'ai pris pour règle de féliciter les bonnes volontés. J'en aurais volontiers repris pour lui montrer à quel point j'appréciais sa cuisine mais j'aurais été à nouveau taxée de gourmande de la table. Si Agathe est svelte, c'est bien qu'elle le mérite.

Lorsque Maclaude a été alertée au téléphone par la gendarmerie, elle s'est montrée admirable de sang-froid. Bien qu'elle ait quitté la maison avec une promptitude remarquable qui atteste de son attachement pour Papa, elle a su éviter de nous inquiéter prématurément. Pourtant après son départ, influencée par l'attitude fiévreuse d'Agathe, j'ai commencé à me sentir mal à l'aise. Par ses gestes brusques, sa façon de marteler en un rythme obsédant le dallage avec ses escarpins, ma sœur semblait désemparée. A la fois surexcitée et saisie d'une angoisse tragique. Officiellement elle était toujours ma petite sœur ; je voyais donc là une grande et ultime occasion lui témoigner une marque de tendresse. J'ai mal jugé de son évolution. Agathe qui est orgueilleuse m'a, à juste titre rabrouée, me laissant entendre qu'elle savait se défendre seule. Me sentant inutile, je suis montée me coucher et j'ai réussi à sommeiller malgré cette ambiance pesante. Au petit déjeuner, Maclaude, plus élégante que jamais mais terriblement austère dans sa tenue noire, nous adressé un signe très spécial. En évidente manifestation d'affection, ses grandes mains se sont élevées à la rencontre de notre visage, avant de se replier par pudeur. Sa voix grave s'est alors exprimée de façon aussi émouvante que dramatique.

– Justine et Agathe, sachez-le, vous personnifiez les enfants que je n'ai pu avoir. Mon affection pour vous rend mon message d'autant plus pénible et j'avoue ne pas savoir comment débuter… Mes très chères filles, montrez-vous fermes et courageuses. Je pleure d'avance de devoir vous communiquer une tragique nouvelle. Hier soir, la gendarmerie m'a appelé et lorsque la gendarmerie appelle, vous savez… Bref, elle m'informait d'un grave accident ayant eu lieu sur la Nationale 10 en direction de Chartres. Par malheur, cet accident avait frappé votre Papa. Voilà pourquoi vous m'avez vu sortir affolée. Mon espoir était de lui adresser un dernier adieu, en votre nom mes petites, et au mien. Mais il était trop tard, le pauvre chéri était déjà décédé au lieu-dit Le Trébuchet… voiture sortie de la route… a accroché un arbre… s'écraser… un mur, des flammes… votre papa mort…

Mort. A part ce mot trop réel et définitif, je résume mal les évènements. Car je suis ainsi faite que les mauvaises nouvelles me submergent. Je me transforme aussitôt en loque, en poupée de son, en un néant sanglotant. La paralysie me tient lieu de réaction. Agathe elle, soutient que jamais Maclaude n'a utilisé le terme "pauvre chéri". Pourtant, j'ai encore ces mots dans l'oreille ! En ce qui concerne la fin de son intervention, je ne contredirai personne vu que tout s'est brouillé dans mon esprit. Ma douleur d'avoir perdu Papa était trop intense. En toile de fond, subsiste toutefois en moi l'image stoïque et digne de Maclaude. A la fois sensible face à la douleur et forte devant l'adversité. Quel exemple ! Quant à Agathe, durant ce discours poignant, je la revois encore l'interrompre à multiples reprises. Une attitude certes impolie, désobligeante même, mais après tout, il est naturel que son caractère de battante se réveille dans de telles occasions. Elle souffrait trop ma petite sœur, donc se révoltait. C'est aussi défendable que moi qui souffrais tout autant, mais en me recroquevillant dans un coin pour sangloter. Étrangement, j'ai également en moi la vision de deux femmes hurlant, s'injuriant jusqu'à en venir aux mains. Quel rêve atroce et douloureux ! Car j'ai sans aucun doute imaginé tout cela. Si cependant c'est la réalité, sachant combien chacune chérissait Papa à sa façon, je n'ai aucun droit de prendre parti. Je prendrai le risque d'offenser l'une au détriment de l'autre. La seule tragique vérité est que Papa nous a quittés. Pour une fois, je me refuse à cautionner le point de vue d'Agathe qui, sous l'emprise du chagrin, s'est mis à échafauder une histoire de complot ou de meurtre. Dès qu'elle se lance dans ce sujet, je me bouche les oreilles. Ses propos effrayants me désespèrent. Non, Papa est tout simplement mort victime de sa suractivité, de sa soif d'entreprendre, du désir qu'il avait de trop bien faire en choyant sa famille. Son inextinguible pulsion de cadeaux donnait l'impression qu'il était paniqué à l'idée de nous voir manquer. Je suis persuadée qu'il s'est littéralement tué au travail. Selon moi, son accident était inévitable. Dans tout ce qu'il entreprenait, il voulait être le meilleur. Le plus efficace en affaires, le plus rapide en voiture. Quand j'étais sa passagère, je réagissais toujours à ses démarrages foudroyants par un petit hoquet de crainte. Alors, il avait la gentillesse de ralentir. Papa, je le sais, tu t'es tué pour nous.

Bien que j'aie éprouvé un immense chagrin à sa disparition, je n'ai pas le droit d'en faire subir les conséquences à Maurice. Aussi ma découverte du spiritisme m'a été d'un grand secours. Il a servi de pansement à mon âme. Au cours de longues séances intenses et recueillies, je parle à Papa et lui me répond. C'est Gisèle Lalo qui m'a initié à cette science. J'ai tout de suite adhéré à l'idée que les défunts continuaient à communiquer avec le monde des vivants. Ou du moins tous aspiraient à le faire pour autant qu'ils puissent se confier auprès des bonnes volontés de mon genre. Comme Papa était pudique et n'aimait guère parler en public de lui-même et que moi, je suis hyper-timide, j'ai demandé à Gisèle s'il existait une méthode qui permette de pratiquer seule cette communication avec l'au delà. Faire tourner une table dans une pièce obscure au milieu de dix personnes ou m'adresser à lui par la parole m'aurait terrifiée. Elle s'est renseignée et m'a finalement conseillé l'Écriture Automatique, tout à fait adaptée à ma situation. Il me suffit de m'asseoir dans ma chambre, face à ma coiffeuse, dans une demi-pénombre, munie d'un stylo à bille et d'une feuille de papier. J'appelle alors l'Esprit de Papa, lui pose une question sur un sujet qui je crois, nous importe à tous deux. A ma première intervention, je n'ai rien obtenu. Sans doute étais-je trop émue pour dialoguer avec un être immatériel. Puis, par ces simples mots "Ma chérie, je suis là et t'écoute", Papa a débloqué mon angoisse. Depuis, même si quelques échecs interviennent, je garde confiance. Quel bonheur quand je sens ma main emportée par une force invisible qui miraculeusement inscrit la réponse. Je trace beaucoup d'informes gribouillis mais pour qui a l'habitude, on y détecte également de merveilleuses révélations. Ne voulant pas me montrer égoïste et l'ennuyer par mes petits soucis personnels, je l'interroge surtout sur son sort. En effet, j'ai peur qu'il ne se sente très isolé et ne trouve le temps interminable. Il m'a assuré être très entouré ajoutant que là où il est, la notion de temps n'avait plus de sens. Le plus émouvant est quand il m'a fait l'immense joie d'intervenir spontanément par ces phrases : "Sois heureuse ma Justinette. Ne poursuis pas mes chimères de grandeur. Va ton chemin sereinement avec Maurice. Ton Papa qui t'aime et t'admire."

Mon Papa m'admire. Je suis fière. C'est beaucoup trop. Son âme a dû se tromper de mot ou bien ma plume a dérapé. Ce n'est pas grave. L'essentiel est que tu te sentes bien. Repose-toi Papa, moi aussi je t'aime.

Jérôme

V

Pas gentil Papa. L'a même pas donné de bonbon ce soir. A moi, il a *disé* que c'était très beaucoup cher et *incrouvable*. Pourtant, quand je mange les ceux de François Macaigne, il est encore pas d'accord. Il fait des très gros yeux, mais alors immenses comme *zieux*. Alors là je comprends pas, puisqu'il les a même pas payés. C'était même pas des roudoudous que je voulais bien et qui sont *tuniquement* pour les fêtes, non seulement des très petits caramels durs. Papa, il dit en plus que les bonbons, ça casse les quenottes alors que c'est même pas vrai. Donc, comme j'ai répété très souvent de fois que le bonbon est agréable dans la bouche, à la fin, Papa il a promis pour plus tard. Pas content Jérôme : faut attendre encore trois dodos pour avoir le bonbon de Papa. Bon je compte : lundi... *macredi*, ho ho, je m'a trompé, un ptit peu toc toc maboulette Jérôme. Euh...lundi, mardi, *macredi*, voilà c'est pour le *macredi* le bonbon. J'aime bien François Macaigne parce qu'au square, il donne souvent le gros bonbon à moi, en plus une fois un soldat de plomb et même une bille. Là j'étais le plus vachement content du monde ; faut pas *diser* vachement mais quand qu'on est le plus content du monde on le dit forcément. Ouais, même que c'était une grosse bille, un calot rouge en terre. En verre, ç'aurait encore été plus beau, mais faut pas réclamer la lune ma maman raconte tout le temps. Justement après, j'ai demandé à maman pourquoi les soldats portaient pareil un calot sur la tête. Maman a répondu qui *z'avaient* souvent des casquettes. Comme elle a raison pour les casquettes, donc à la fin j'ai pas su vraiment pourquoi l'histoire du calot.

Maman dit que papa est un savant, ça veut dire qu'il a plein d'idées compliquées dans la tête. Le soir il ramène souvent des grands cahiers et il les regarde en grattant le front à lui. Ça fait une trace rouge de gratter. Le dodo d'avant, Papa a *disé* que exprès j'ai fait un *grabouillage* sur ses feuilles. Même pas vrai ! Moi, je *voudais* juste dessiner un dada et puis une tuture. Parce que dommage, l'est pas riche Papa, l'a même pas de tuture, c'est bien la tuture : vroum vroum...Tuut tuut, pouet pouet. Seulement la bicyclette il a papa, c'est moche la bicyclette pour les papas. Pour les enfants, c'est très bien la bicyclette, mais j'en ai pas. Comme il a peur qu'elle est volée par les méchants, il la monte dans la maison de nous. C'est pas rigolo d'être pas riche. Le papa de François Macaigne, il est riche lui. Il a une tuture traction, une 15 Citroën toute brillante. Les 15, c'est plus mieux que les 11, c'est François Macaigne qui l'a *disé*. Il a montré à moi comment savoir que c'est la traction 15. Facile : les deux c'est tout pareil, avec de la couleur noire partout, des grilles devant le moteur et deux flèches vers le haut. Oui c'est tout pareil sauf que eh ben, eh ben sur la grille de la 15 y'a un plus très joli dessin avec des ailes. Mais vraiment plus très joli ! Il est gentil François Macaigne, deux fois, il a emporté moi avec son papa dans sa campagne. Sur les sièges arrière on sautait, on faisait les prouts exprès, on chantait caca pipi cucu popo et même que le papa continuait à conduire calme avec la dame à côté qui riait. Elle est belle la dame du monsieur, elle sent le parfum de très loin. Ses lèvres, c'est rouge mais vraiment très rouge, tout brillant pareil que la 15, on voudrait toucher la lèvre avec le doigt. Aussi c'est très lisse sa *zoue*, non pardon la joouue, j'ai remarqué que c'est plus lisse que la joue de maman. Maman a *disé* que ça fait gla-gla dans la maison de nous, que ça donne la gerçure sur la main, la lèvre et même la joue pas lisse surtout avec le robinet froid. En plus, y'a pas le robinet feu-feu dans la maison de nous. Chez le papa de François Macaigne, c'est pratique, si tu veux pas avoir froid à la main, tu choisis le robinet feu-feu. La dame très belle du monsieur Macaigne, une fois elle m'a caressé avec des grands gants noirs, elle a *disé* que c'était du velours élégant. C'est doux sur la peau le velours élégant de la dame du papa de François Macaigne qui sent un bon parfum et porte un bijou avec du soleil dedans, pas un soleil, trois-cent-quatre soleils. Je dise trois-cents-quatre parce que c'est le plus énorme chiffre que je sais compter, en fait c'est plus peut-être tellement qu'il brille de beauté le bijou ! Le papa, de François Macaigne, il est beaucoup riche. C'est pratique, c'est bien quand qu'on est riche. Comme ça, il peut inviter des soldats avec un joli costume avec des trucs dorés dessus. Á sa campagne, j'ai en vu au moins trois avec un habit noir. Ils parlaient drôlement avec des mots que je comprenais pas. J'ai réfléchi que c'est parce qu'ils *sontaient* très intelligents qu'ils savaient plus de mots.

En plus François Macaigne, il va toujours au *pestacle* de guignol. Ce serait chouette si j'irais moi aussi un peu. Même aux marionnettes normales sans guignol, ça irait. Bien sûr, il est plus grand par un an et demi mais c'est vraiment bien rigolo quand guignol tape sur le gendarme avec le bâton. Mon papa à moi, il a *disé* que ce serait bien que je vais moins souvent avec François Macaigne surtout quand c'est dans sa campagne. Il raconte après que c'est pas toujours très mieux de manger gros bidon, d'avoir chaud quand les autres gens font gla-gla dans la chaussette trouée. Pour les costumes des soldats, papa a *disé* que oui d'accord ils étaient *zélégants* mais que l'habit ne faisait pas le moine. Pour le moine que j'avais jamais entendu avant, papa a *espliqué* que normalement c'est un gens d'église sauf là, où c'est une image. Comme la phrase était la plus très compliquée du monde, j'ai commencé à jouer avec le calot en terre sur le tapis. Papa m'a alors pris sur ses genoux. Il a expliqué que maintenant je suis petit mais que plus tard je comprendrai pourquoi il voudrait que j'obéis à son idée de pas faire ce qui plait, comme il a répété avec sa voix très faible. Mon papa, quand il a parlé, il avait l'air triste et m'a donné envie de pleurer. C'est pour ça que je suis retourné sur le tapis jouer.

Après j'ai allé caresser *Natlie* qui faisait sieste dans le berceau et puis j'ai *voulé* la faire rigoler. Au contraire elle s'est mise à crier vraiment fort. En fait, oui j'ai d'abord caressé sa petite joue, ensuite j'ai laissé tomber le calot sur sa tête. C'était juste pour voir si je visais bien droit. D'ailleurs quand on le fait pas exprès c'est pas grave, je veux dire pas exprès de lui faire un peu bobo. Parce que ma petite sœur *Natlie*, elle est mignonne, je veux toujours être gentil avec elle. Une fois qu'elle était bébé, j'ai donné à elle un bonbon de moi dans sa bouche ouverte, elle s'est étranglée avec parce qu'elle dormait mais c'était encore pas grave puisque c'était pour être gentil. Maintenant, *Natlie* n'est plus très petite comme avant, même si elle fait dodo dans le berceau. Maman n'a pas assez d'argent pour acheter un lit donc elle garde le berceau petit pour elle. C'est bien que son berceau-lit est dans la même chambre de moi parce que je lui fais des tas de poutous sur sa petite bouille mignonne. Elle parle pas tellement normal *Natlie* mais je comprends bien ses mots *spécials* et souvent j'explique à maman qu'est ce qu'elle veut parler. Quand peut-être je me marie, c'est presque forcément *Natlie* que je prends. C'est beaucoup pratique de faire comme ça puisque je la connais déjà, donc ça évite de chercher pareil cache-cache. Surtout, à cause de l'*amoration* très énorme que j'ai sur elle, c'est assez très bien de pas se quitter jamais. Ça je l'ai pas dit à maman ni à personne parce que j'aime les secrets que je connais seul. Tout de même, le secret, je l'ai *disé* aussi à l'oreille de *Natlie* que je la marierai avec moi presque sûr. Elle dormait un peu à le moment du secret, mais avec son œil qui a bougé, ça veut très bien raconter que sa tête intérieure a accepté.

VI

J'ai grandi et désormais je vais à l'école, ce qui est agréable pour jouer avec les camarades. En plus, en hiver les salles de classe sont moins froides que chez moi grâce au gros poêle à bois. Je parle avec moins de fautes d'orthographe qu'avant et mes dictées sont presque impeccables comme le dit ma maitresse mademoiselle Paulbert, qui a un gros chignon sur la tête et une voix haut perché. Elle n'est pas aussi belle que les dames du père de François mais comme elle distribue des compliments sur mon travail, ma conduite et mes leçons, je la trouve aimable et compétente. Avant de commencer les cours, elle fait chanter toute la classe avec un morceau entrainant et agréable à l'oreille :

Maréchal nous voilà !
Devant toi, le sauveur de la France
Nous jurons, nous, tes gars
De servir et de suivre tes pas
Maréchal nous voilà !
Tu nous as redonné l'espérance
La Patrie renaîtra !
Maréchal, Maréchal, nous voilà !

Papa m'a dit que ce n'était pas la peine de chanter très fort, avec des paroles nettes, qu'il suffisait de remuer les lèvres comme ça *mmmm tralala tsoin tsoin* et puis tout le monde est satisfait. Pourtant, quand je regarde François, mon meilleur camarade et mon ami, je remarque qu'il prononce bien tous les mots et les crie presque. Donc il veut qu'on l'entende. J'ai demandé à maman son avis et elle m'a répondu que papa avait raison comme toujours mais que je pouvais faire ce que je voulais du moment qu'il ne le *voye* pas. En ce moment, je prononce ce mot pareil que mes copains mais mon oreille de bon élève en dictée et en grammaire me souffle que c'est une faute car le verbe voir étant du troisième groupe, il pose des pièges. J'ai vérifié sur mon cahier de conjugaison et peux donc reprendre mon texte après correction par "qu'il ne le voit pas". Je tiens à écrire correctement car mon manque d'argent m'oblige à mieux travailler que François qui est vraiment un ami et possède de grandes qualités bien qu'il ne soit pas brillant en classe. J'hésite un peu à désobéir à papa, qui est bon mais pas riche, pourtant mon idée s'oriente peu à peu vers une chanson bien prononcée si bien que je plairais à la fois à mademoiselle Paulbert et à François. Par rapport à papa qui est tout seul de son opinion, ça fait plus de gens. Donc, ce lundi c'est décidé et je pense que le son de ma voix a dépassé celui des autres garçons. Je l'ai noté à l'œil austère mais probe de mademoiselle Paulbert qui s'est détourné vers moi quelques instants avec une approbation quasi souriante. J'emploie austère mais probe car je suis devenu un bon élève, donc je m'efforce de varier mon vocabulaire en utilisant les synonymes étudiés avec mon institutrice. Sinon j'aurais utilisé comme n'importe qui sévère mais juste. Encore une fois, je trouve dommage que François ne suive pas mes traces pour la qualité du travail scolaire mais lui n'a pas grand chose à se faire pardonner du fait qu'il est toujours superbement vêtu et qu'il se fait voiturer dans son automobile bien astiquée tous les matins. C'est maintenant une Hotchkiss Grand Sport qui l'amène car la Citroën 15 de quand j'étais petit a enduré un accident. François m'a raconté que des terroristes l'avaient attaquée avec des grenades explosives, ce qui est honteux et navrant dans un pays bien ordonné comme la France.

Heureusement, selon François, ces malhonnêtes voyous ont ensuite été arrêtés par les soldats allemands qui font un bon travail dans le domaine de l'ordre et de la discipline. Là, je répète les paroles de mon ami sans savoir vraiment mais comme son père est riche, je suppose qu'il a raison. C'était la première fois que j'entendais parler d'Allemands chez nous mais je ne voulais pas avouer à mon ami mon ignorance. Donc, j'ai questionné papa sur ce point. Papa a toussé, essuyé ses lunettes et pris l'air accablé en avouant que c'était là un sujet très délicat.

– Jérôme, vois-tu, le temps est venu que je te mette au courant de certaines réalités. Il y a trois ans, la France, a été vaincue dans une guerre contre l'Allemagne. Depuis, notre pays est occupé par des soldats étrangers et doit obéir à leurs lois. Obéir pas directement mais par l'intermédiaire du Maréchal Pétain qui est le Chef de l'État.

– Ah, c'est pour ça qu'à la maison de campagne de François j'avais rencontré des militaires avec des si beaux uniformes ! Entre eux ils parlaient une drôle de langue que je ne comprenais pas. Voilà, c'était de l'allemand !

– Justement Jérôme, là est le problème. Et souviens-toi que je t'avais mis en garde contre ces fréquentations.

– Contre ces fréquentations, mais pourquoi ? Des soldats, on en croise partout, dans la rue, dans les boutiques, alors quelle différence si c'est dans une maison ? Ils étaient aimables, souvent ils souriaient. Ils buvaient du champagne dans des beaux verres en chantant joyeusement. Il y a en même un qui m'a caressé la jambe et embrassé sur le nez. Celui-là avait une veste magnifique avec deux éclairs en or sur le haut de son col.

– Tu te rends compte Jérôme, ces gens occupent notre pays et toi, tu t'es fait leur complice. Ce sont des ennemis. Je sais, tu étais alors très jeune. Mais maintenant que tu as grandi et peux comprendre ces choses, promets-moi de ne plus les fréquenter. Sais-tu qu'ils continuent à tuer des innocents, à emprisonner sans raison ?

Alors là, je vais triompher. Le moment est idéalement choisi pour prouver à mon papa son erreur en lui narrant l'histoire des voyous destructeurs de voiture Citroën. De lui prouver combien ces étrangers nous aident en arrêtant les malfaiteurs. En fait, papa n'a pas eu l'air convaincu du tout. Il est devenu blanc, a tremblé, m'a secoué le buste en s'écriant :

– Mais petit malheureux, ce ne sont pas des voyous ni des terroristes, ce sont des résistants, des ré-sis-tants, tu comprends ?

Quelque part dans la montagne m'a-t-il expliqué, ils se tapissent au fond de cachettes secrètes. Parfois, ils en jaillissent pour faire exploser une cible ennemie, l'armée allemande bien sûr, mais également ses collaborateurs français. Comme des pirates attaquant les navires, puis retournant à l'abri de leur ile au trésor, ai-je suggéré. Des pirates jamais de la vie, s'est-il égosillé, eux sont des âmes pures ayant la liberté pour tout horizon, pas des brutes assoiffées d'argent. Il a conclu d'un ton ému : d'un côté, l'endurance aidée par le courage, de l'autre l'occupation épaulée par la corruption. Là vraiment, j'ai trouvé que papa s'exprimait aussi bien que la maitresse. Ainsi, il était désolé de me déclarer que monsieur Macaigne, si copain avec les Allemands, n'avait reçu qu'un juste châtiment. Selon lui, cet homme était même pire que l'occupant allemand, car il avait trahi son pays. Sa voix est devenue suppliante, "sachant ce que tu sais, Jérôme, il faut que tu cesses toute relation avec François et sa famille." Heureusement, il a admis que j'avais droit à des distractions et en guise de compensation, m'a proposé de m'inscrire au patronage de l'abbé Dufaux. Cette suggestion lui a sans doute beaucoup coûté car d'habitude il refuse que j'entre dans les églises, même pour visiter. Il a ajouté que c'était pourtant contre ses convictions laïques. J'ai fait semblant de comprendre ce mot bizarre et l'ai remercié. Ce jour-là, au cours de morale, sur le tableau noir était inscrite une phrase aussi profonde que les belles phrases de papa. Enfin, profonde suivant la définition de mademoiselle Paulbert, c'est à dire "que l'on doit méditer". *Famille et Patrie : tes parents et le Maréchal. Il faut toujours les aimer et leur obéir.*

Avec toutes ces complications en tête, j'ai donc médité. D'un côté, j'aimerais bien faire plaisir à papa que je considère avec le respect et l'amour filial dus à la famille et à la sentence du tableau noir. En plus, j'ai observé dans ses yeux des petits grains de tristesse. Mademoiselle Paulbert qui encourage la précision aurait dit dans ses iris. Mais de l'autre, me priver du plaisir de fréquenter un garçon qui me prête ses jouets, m'emmène en auto, me donne des gâteaux et du chocolat représente une difficulté presque monstrueuse. Du reste, des copains m'ont raconté que le Maréchal qui est chef de la France est bon ami des Allemands. Juste comme monsieur Macaigne en somme. Alors à qui obéir, à papa ou au Maréchal ? Finalement, j'ai trouvé la solution et demandé à maman de m'inscrire au patronage qui se déroule tous les jeudis derrière l'église Saint-Firmin. En général, je reste jusqu'à l'appel puis je disparais ensuite ayant remarqué qu'au fond de la cour, il y a un mur facile à franchir. Je me retrouve donc dans la rue d'où il est aisé de se rendre jusqu'à la maison de François. Cette solution de compromis arrange tout le monde d'autant plus que je ne mens pas à papa en lui déclarant que suis allé au patronage. J'ai vérifié dans le petit Larousse : aller signifie effectuer un déplacement d'un lieu vers un autre, ce qui correspond bien à mon cas. En général, j'aide François à faire ses devoirs car mon ami est un peu faible en arithmétique. Par exemple, il avait calculé que la ménagère du devoir avait payé 753 202 francs ses deux mètres cinquante de calicot alors que la bonne réponse était 25. Tout de même, j'ai été bien impressionné par le chiffre trouvé qui fait envie par son importance. Ainsi, je n'ai pas été vraiment choqué, car François n'ayant pas de maman à temps complet ne peut pas se rendre compte de ce genre de choses. Ce n'est pas comme moi qui vois la mienne s'user les yeux sur son tricot à la lumière de la lampe à pétrole. Quand j'explique à François les raisons de ses erreurs, il n'écoute pas attentivement car - c'est normal - il a envie de jouer avec sa voiture à pédales. Grâce à son argent, il peut se permettre cette fantaisie. Moi qui en manque, j'estime indispensable de lui rendre ce petit service avec patience et opiniâtreté. Moyennant quoi, après qu'il se lasse, j'ai aussi le droit d'utiliser son superbe engin qui n'est autre qu'une Talbot-Lago de course. Avec la montre en argent de son père, il chronomètre nos parcours. Je veille à ne pas aller plus vite que lui, ce qui serait, quand on est invité, un manque de goût et une marque de prétention.

Ce que je déteste le plus abominablement, ce sont les congés d'été que je suis forcé de passer sans interruption auprès de mes parents. Ceux-ci sont gentils, monotones et toutes les vacances à leurs côtés se ressemblent. Bien sûr, je les respecte comme il est demandé par la morale de l'école. Toutefois, je n'ai lu nulle part que l'enfant doive rester si longtemps auprès d'eux.

Papa est gentil, triste, savant et ennuyeux. Maman elle, est gentille, gaie, ignorante et ennuyeuse. La raison de ce séjour obligatoire est que maman a un cousin fermier dans le Cher et qu'il faut profiter du fait que l'air de cet endroit vivifie les poumons. Il est vrai que mademoiselle Paulbert dit beaucoup de bien à propos de l'oxygène qui doit pulluler à la campagne. Pour vérifier, j'ai respiré très fort dans le vent et à cause de la poussière, je me suis mis à tousser. Ce n'est pas grave, l'oxygène est sûrement mélangé à la poussière. Bien que ce ne soit pas un vrai oncle, maman me demande de l'appeler tonton Tatave, appellation remplie d'affection familiale qui convient bien à l'idée du Maréchal. Papa m'a semblé rouspéter à ce surnom puisqu'une fois j'ai surpris le mot "ridicule" sortir de sa bouche. Mais comme à par ça, maman ne fait jamais de caprices et que c'est un cousin à elle, il accepte avec résignation. Quoique la distance ne soit pas considérable, nous mettons presque une pleine journée pour parvenir ici car il faut changer à Saint Pierre des Corps puis à Vierzon. Ensuite mon faux oncle vient nous chercher à la gare de Saint-Amand-Montrond avec une charrette à grandes roues à rayons. Le gros cheval qui la tire est maigre, très lent et pelé sur le dos. Lui, le cousin sent la pipe, la vinasse, le fumier et porte des vêtements répugnants de crasse. Quand il enlève sa casquette, son crâne luisant présente des touffes de cheveux collés qui dessinent des s noirâtres. Il roule les r d'une façon effrayante et en plus de son accent paysan, il utilise des mots bizarres, certainement interdits par le dictionnaire et la grammaire. Le pire est quand il s'adresse à moi. J'ai beau tendre l'oreille, comme je le comprends à peine, j'ai honte de répondre à côté de la question et je me tais bêtement. J'ai horreur d'être vexé et déteste les gens qui me rendent stupide, surtout lorsqu'ils sont si mal vêtus.

– Alors mon gars, c'es-t-y pas *biau* la campagne par chez nous ? Et la *vouéture à ch'va*l, t'as point trop l'habitude, pas vrai ? Garde donc là, les *oches* qui patouillent dans la mare. Bah, tu dis *rein*, qu'est qu't'as ? Ho, la Mauricette, ton fiston y répond point. Sait-y pas causer le *ch'tit* ? En tout cas, pour de sûr qu'il a la cabèche bien fermée. M'est avis que les études y déforment les idées, ton mari itou du reste ! Ho ho, faut s'hâter, *j'crès* ben qu'i va pleuve !

Berthe, l'épouse de l'oncle Gustave est encore moins bien habillée que son mari, ce qui à mon avis est plus désastreux pour une personne du genre féminin. La première fois, j'en étais si abasourdi et dégoûté que j'ai hésité à approcher pour la séance des embrassades. Sa vieille blouse à carreaux boutonnée sur le devant laissait suinter le morceau d'un énorme sein blanc et flasque comme un ballon dégonflé. Ses jambes aux mollets poilus étaient emmanchées dans des sabots de bois. Alors, j'ai eu honte pour elle et regretté le spectacle agréable des belles dames de monsieur Macaigne. Même à côté de ma mère qui pourtant est moins coquette qu'elles, elle dépare énormément. Pour manger la soupe, elle installe ses gros coudes sur la table grasse, puis prenant tout son temps elle amène sa cuiller aux lèvres avant d'aspirer son contenu en un long sifflement sonore. Malgré cette lenteur, du liquide lui dégouline sur le menton qu'elle essuie de son avant-bras. Ces manières ne correspondent pas du tout aux conseils de ma mère sur la tenue à table. La première fois, croyant qu'elle plaisantait, je suis resté planté la bouche ouverte face à elle. Puis j'ai donné des coups de coude à Nathalie, en conservant difficilement mon sérieux.

La seule chose agréable de ce lieu est de pouvoir me promener avec ma petite sœur à travers champs et forêts. Je la tiens par la main, parfois lui passe le bras au dessus de l'épaule très doucement, car elle est si fine et délicate que j'aurais peur de la briser. A la maison à Laval, je me retiens de rien faire de semblable, de peur d'être aperçu par mes parents. Il me semble que les choses du cœur doivent rester secrètes.

Maman, qui est méticuleuse, prépare deux semaines à l'avance sa grande malle bombée. Avec minutie, elle y dépose les objets un à un, commençant par ceux figurant dans les recommandations de Papa.

– Mauricette, pense à emporter mon chapeau de paille, ma canne à pêche et mes jumelles. Je placerai moi-même l'encyclopédie botanique et l'ouvrage sur les lépidoptères. Il ne faut pas que le cerveau du petit reste en jachère.

J'ai beau être bon élève, j'ai calé devant le mot lépidoptère. Jachère aussi... A moins que j'aie mal enregistré. Mais oui, j'y suis ! En fait, il a dû dire vachère. Je traduis donc que papa n'aimerait pas que mon éducation demeure trop élémentaire, laissant mon esprit comme celui d'une vachère quoi.

– Antonin, mon Minouchon je n'y arriverai jamais. J'ai économisé sur tout : le sucre, les confitures, le rutabaga, le savon. Et voilà, il ne me reste que cent cinquante francs pour boucler la fin du mois. Sans compter les tickets de rationnement qui sont épuisés. Tiens, à ce propos, on dit que madame Brucholle dessine de très bonnes imitations, j'ai donc pensé...

– Comment Mauricette, tu parles de tricher ! Sais-tu que chaque faux ticket en circulation correspond à autant de moins en nourriture pour les honnêtes gens. Ainsi tu te placerais résolument dans le camp des fraudeurs, des profiteurs de guerre, des B.O.F. Cela jamais, c'est une infamie. Du reste, nos cousins n'en ont pas besoin. En échange de notre séjour, je vais leur laisser mes boutons de manchette en or et mon manuscrit sur la vie paysanne au Moyen-âge dans le Berry septentrional.

– Ne te mets pas en colère, Antonin. Je sais que tu as raison. Je ne faisais que répéter ce que j'ai entendu souventes fois au marché. Euh... pour ton idée de manuscrit, ton manuscrit...peut-être que...

– Quoi mon manuscrit peut-être que ? Il décrit les mœurs de leurs propres ancêtres. Une plongée dans leur mémoire collective : tes cousins devraient être passionnés par le sujet.

– Bien sûr Minouchon, d'accord, d'accord. Comme d'habitude c'est toi qui as raison.

Heureusement, les vacances d'été ne sont pas éternelles et je finis par retrouver mes habitudes et mon ami. Les jeux et jouets de François sont si divers et variés qu'avec lui, je ne m'ennuie jamais. Malgré tout, il arrive qu'il me fasse participer à des activités qui m'embarrassent un peu. Parfois je le trouve, comme dirait maman, par trop déluré. Personnellement, je ne parle pas volontiers de certaines choses assez intimes, je veux dire de tout ce qui se rapporte à des parties spéciales du corps. Un bon exemple est la quéquette, surtout depuis que l'infirmière de l'école m'a crié de la décalotter. Comme je ne comprenais pas sa demande, avec ses grosses mains rêches, elle me l'a attrapée et décortiquée d'une façon désagréable et brutale pour la faire sortir de son étui. Elle m'a ordonné de refaire ce geste de temps en temps chez moi. Je me demande si cette femme n'est pas vicieuse. Car maman m'a bien prévenu que c'était un péché de se tâter à cet endroit interdit. Elle en a même rougi et détourné la tête en parlant très bas. Alors, qui croire ? Lui, François, n'est pas gêné de se mettre tout nu devant moi et d'organiser des concours de pisse-loin. A ce jeu, il faut se concentrer et faire jaillir son pipi très fort. Le vainqueur est celui qui atteint le point le plus éloigné sur les dalles de marbre de son jardin. Même sans tricher, il est nettement supérieur à moi car il ne craint pas d'ouvrir largement sa braguette pour bien dégager sa quéquette. Tandis que moi qui n'ose pas me découvrir franchement, je finis par mouiller ma culotte au passage, ce qui freine le jet. Ce qui lui plait également est d'observer de loin les adultes dans des exercices spéciaux qu'il appelle "postures osées". Pour cela il a chipé les jumelles de son père. Ce jeudi après-midi, il a l'air tout excité.

– Là mon vieux pote, on tient un fameux coup. Papa et sa poule viennent de monter dans la chambre située juste face aux gros arbres du jardin. On va pouvoir se payer une sacrée tranche de spectacle ! On va être installés aux premières loges. Rien de plus fastoche.

Ne sachant pas précisément ce qu'était une poule, ni ce qu'une poule pouvait faire dans une chambre, j'ai adopté une attitude prudente.

– François, tu crois que c'est bien de vouloir espionner comme ça ? Et… s'ils nous découvrent ?

– Hou, hou, le pétochard ! L'a peur bébé Zérôme, trop *danzereux*. Veux pas recevoir pan pan féfesses. Va donc, eh minus, trouillard ! Même pas chiche de zieuter une paire de nichons. Eh ben ! Dac, comme tu veux, j'y vais seul. Mais après ça, ceinture, tintin pour la voiture à pédales.

C'est inexact, je n'ai pas peur. Seulement je me sens fautif vis-à-vis de monsieur Macaigne qui me reçoit avec tant d'amabilité. L'épier à son insu est une marque d'ingratitude. Malgré ma réticence, je suis sur le point de céder et François le sait.

Ça y est, j'ai capitulé. Par une remarque avisée à propos des arbres, je tente de reprendre un maigre avantage. Ainsi, je suggère de grimper dans le marronnier de préférence au grand platane que lui veut escalader. Doctement, je lui fais observer que "la ramure du platane, implantée presque verticalement, rend la manœuvre fort périlleuse". En me singeant, il répète "fort périlleuse" d'un ton ampoulé, m'adresse un pied de nez, crie "froussard" et entame seul l'ascension. Parvenu à mi-hauteur, son pied gauche a dérapé. François semble avoir lâché prise et les bras crispés le long de la grosse branche, il dégouline peu à peu en se râpant les mains, les bras puis tout le corps. Il se retrouve au pied du tronc, tout égratigné et à demi-sonné. Je tente un geste vers lui qu'il repousse d'un air maussade et vexé. Après s'être frotté le menton et les reins, il me décoche un "Comme d'habitude, monsieur a raison" qui me met mal à l'aise et me punit d'avoir voulu crâner.

Une chose est certaine : du marronnier, le point de vue sur l'intérieur de l'habitation est moins indiscret que depuis le platane. Il ne faut tout de même pas se plaindre. On participe bien à l'action, comme par exemple depuis le deuxième balcon du théâtre, la seule fois où j'y ai mis les pieds. Par une vaste fenêtre, nous plongeons dans une chambre du premier étage, éclairée a giorno. Ouverts, les rideaux laissent le regard s'infiltrer au cœur d'une pièce aux tons rouges et or, aux murs surchargés de tableaux. Monsieur Macaigne fait face à une dame très maquillée, parée de plusieurs rangées de colliers de perles et d'énormes anneaux aux oreilles. Elle est aussi belle que les autres dames d'avant mais plus sévère. La preuve : elle le regarde durement au fond des yeux et lui soulève brusquement le menton, comme mademoiselle Paulbert avec un jeune élève. Elle approche sa bouche de celle de monsieur Macaigne et au dernier moment, elle se retire en arrière ne l'effleurant même pas pour un baiser papillon. Je ne comprends pas le comportement de cette dame car il est visible que monsieur Macaigne, très aimable comme toujours, aurait bien voulu lui faire une gentillesse. En fait, à chaque fois qu'il essaie, la dame part en arrière. Je me mets à la place du père de François qui, à force, doit trouver ce refus très irritant. D'autant plus que pour finir, elle lui applique deux doigts sur sa bouche, comme pour lui demander de se taire. François qui ne parait pas du tout surpris, me murmure :

– Te bile pas mon vieux, ils entament toujours comme ça. Mon paternel appelle ça la séance d'échauffement. Ça les excite, faut croire. Maintenant mon pote, accroche-toi, le plus intéressant arrive. Ça va être chaud lapin comme dit mon pépé. Évidemment, à cause de ton idée de nous foutre dans le marronnier, tu verras pas tout. Bon enfin, moi, avec les jumelles, je vais pas louper les détails. Ça va être vachement bath.

Effectivement, la dame s'est approchée de monsieur Macaigne et commence à lui asséner des baisers avec une telle force que je n'en crois pas mes yeux. Elle finit par lui téter les lèvres avec sauvagerie. Après le début plutôt calme, j'ai trouvé son geste brutal. Puis elle empoigne son veston gris en tortillant sa poitrine d'une drôle de façon. Tout en inclinant la tête en arrière, elle le jette à terre. Ensuite, elle fait valser en l'air sa cravate bleue à rayures, lui arrache sa chemise blanche, sans prendre le temps de la déboutonner comme le recommande maman. Après, le gilet de corps a disparu si vite du buste de monsieur Macaigne que je n'ai pas compris comment. Alors la dame s'est baissée pour faire vers le bas quelque chose d'invisible pour nous à cause de l'appui de fenêtre en fer forgé. Au bout de deux minutes, elle s'est montrée à nouveau, en plein face à la fenêtre. Ses cheveux blonds sont dénoués et pendent sur ses épaules agréablement rondes. Dans l'ensemble, j'éprouve du plaisir à la contempler car elle a un corps bien dessiné, sauf les poils qui bizarrement se trouvent sur son zizi. Avec son gros ventre, monsieur Macaigne est moins agréable à l'œil surtout que par erreur, j'ai cru distinguer sur lui des petits seins pendants, ce qui me paraît superflu pour un homme. Et puis, j'ai dû me tromper. De toute façon, il ne faut jamais oublier sa richesse qui fait oublier bien des ennuis et pardonner les malfaçons naturelles. A ce moment, la dame a choisi plus d'intimité en tirant devant la fenêtre un léger voilage et en éteignant le grand lustre.

– Merde la conne, elle va nous faire louper le principal.

Je ne partage pas l'avis de François. Bien que moins net, comme entrevu à travers une brume, le tableau vivant des deux amoureux n'a pas disparu. Personnellement, je préfère cette vision plus floue. Au moins, on ne peut distinguer les traits du visage de monsieur Macaigne, ce qui m'arrange. Une jolie applique en forme de vasque nimbe d'une lueur nacrée leurs corps nus. D'abord, j'ai peur qu'ils ne prennent froid, puis je me souviens que, contrairement à la notre glaciale habitation, ici toutes les pièces sont agréablement chauffées. Au début, je voyais se trémousser deux corps sans savoir où ils voulaient en venir. A la fin, la dame semblait être très active, empressée et pleine d'attentions par rapport à l'homme qui ne bougeait plus trop.

– Sûr que c'est la panne sèche. Mon paternel ne tient plus le choc.

Je souhaiterais vivement apprendre ce que signifie cette expression, mais d'une part je me sens gêné de discuter de sujets concernant les quéquettes et les corps nus, d'autre part une sirène stridente vient de retentir. Depuis six mois, les alertes se font de plus en plus fréquentes à cause des avions anglais et américains qui bombardent notre beau pays. Je plains monsieur Macaigne. Son visage risque de devenir encore plus rouge que le mois dernier quand il pestait contre des raids visant des villes éloignées. Il les jugeait dangereuses et destructrices, proclamant que "les alliés montraient enfin leur vrai visage de brutes". Aujourd'hui, j'ai peur que le pauvre ne se croie attaqué personnellement et s'étrangle de fureur. Du fond de la cave vers laquelle avec François nous avons filé, je vérifie très vite cette supposition. Recroquevillés dans un angle de la pièce, à peine avons-nous le temps d'allumer une bougie que déjà il s'y précipite. Je devrais préciser ils au pluriel car c'est enveloppés sous un seul et même drap qu'ils surgissent en trombe dans le local, agglutinés l'un à l'autre. L'autre est bien sûr la belle dame qui embaume un merveilleux parfum, encore plus agréable que celui de quand j'avais quatre ans. Jamais je n'avais entendu monsieur Macaigne parler de façon aussi saccadée.

– Voyons, je t'avais bien dit hello dit… euh Élodie… d'attra… pépé… d'attraper le deuxième drap. Maintenant, nous sommes contraints de nous déplacer à mal… amalgamés comme des six à moi… euh… des siamois. C'est ridicule. Ah, ces salis… saligauds d'Amerloques, ils vont finir par nous toutou…nous toucher !

– Oh Ernest chèèèriiiii, c'est tellement plus chou comme ça ! C'est chou, c'est chou, c'est chou ! Nous deux, on dirait de vrais amoureux en pleine activité. Roméo et Juliette à Vérone. D'autant que la température est douce dans cette pièce… Eh bien non, monsieur rouspète, monsieur est décidé à faire la gueule. Parfait, dans ce cas ce sera Adam et Ève chassés du paradis terrestre par la fureur divine. Puisque tu insistes pour ton indépendance vestimentaire, j'ai du reste pensé à chiper ta cravate. Ça te servira de feuille de vigne !

Agrippant fermement le drap d'une main, elle virevolte sur elle-même, réussissant ainsi à parfaitement s'y enrouler, tout en dénudant monsieur Macaigne. De l'autre, elle lui lance sa cravate. A travers, les fentes du drap, j'ai entraperçu les seins et autres parties spéciales d'une femme, ce qui m'a fait rougir car ce n'est pas de mon âge et puis ici, c'est de tout près. Du marronnier, tous ces détails faisaient tout de même moins vrai. Je suis horriblement embarrassé pour monsieur Macaigne qui du coup se retrouve tout nu, mis à part la cravate bleue à rayures lui entourant le cou. De près, son ventre proéminent est confirmé ainsi que ses seins inutiles qui pendent plus que depuis le marronnier. Ainsi, il semble bien moins impressionnant qu'avec son complet-veston à raies grises et noires. Nous apercevant, il s'interrompt soudain la bouche bée. Vainement, il tente de se nouer la cravate autour du ventre pour dissimuler son entre-jambes. Par malchance, sa tentative échoue à moitié car on dirait maintenant qu'il possède deux quéquettes, la vraie, ratatinée, en peau blanchâtre et une autre, bleue à rayures, bien plus longue. Je savais qu'il fallait détourner les yeux, pourtant ils sont restés rivés sur lui.

– Quoi, les gosses ici ! Qu'est-ce que vous faites à la cave ? Ce n'est pas un lieu pour enfants. Petits voyeurs, chenapans, fichez le camp tout de suite !

– Mais enfin Ernest, c'est une alerte. Où voulais-tu qu'ils aillent ?

Vite, nous nous retrouvons sur ses genoux que spontanément elle nous a proposés pour nous accueillir. Elle aussi a la peau très douce, sa poitrine moelleuse est un paradis pour y appuyer nos têtes. Ses mains vertigineusement longues et lisses, aux ongles écarlates, me caressent les cheveux. Tellement je me sens en harmonie avec cet instant que j'ai à peine peur des explosions qui déchirent l'espace. J'aimerais tant le prolonger. Décidément, je n'ai que de bonnes expériences avec les dames de monsieur Macaigne. Bon, si je fais un classement des femmes, je place en dernier l'infirmière de l'école que je déteste à cause de la quéquette décalottée. En avant-dernier, la boulangère qui m'a crié après et traité de voleur quand je me suis trompé en payant. Mademoiselle Paulbert, je la place en après-premier parce qu'elle est compétente, probe et austère. En premier ex-æquo, c'est facile, je vais y fourrer toutes les belles dames de monsieur Macaigne, même celles qui ne m'ont pas parlé car j'avoue qu'en leur présence, je n'ai rencontré que plaisir et agrément. Comme elles sont habillées et ornées élégamment et qu'elles ont toutes l'air riche, je me demande donc si pour être sympathique et bien dans sa peau, il n'est pas indispensable d'avoir de l'argent.

Oh, maman ! Zut alors, j'ai oublié maman dans le classement. Je dois vite la réintégrer en bonne position car l'amour filial est irrémédiable, héréditaire et obligatoire. Par définition, toutes les mères le méritent. Voilà, je lui fais donc une place sur la liste, mais sans préciser de rang. Puis en définitive, je me dis qu'une mère n'étant pas réellement une femme, il est mieux de créer une catégorie Parents où elle est sûre de figurer au pire deuxième. Mince ! Et Nathalie donc ? J'oubliais ma Nathalie qui à la réflexion, étant ma sœur, n'est pas non plus une femme. Mais pour elle, j'ai trouvé facilement: c'est ma muse, comme chez les Grecs.

Monsieur Macaigne a été brutalement emprisonné. Depuis, je me sens seul, car peu après cet événement tragique François a été emmené vers un orphelinat. Cela s'est déroulé un jeudi, le jour de mes huit ans. La veille à la maison, j'avais eu droit à un gâteau aux carottes éclairé par quatre bougies coupées en deux - pour faire huit - ainsi qu'à une orange et une sucette *Pierrot Gourmand*. Mes parents ont été assez délicats de me faire ce cadeau sans insister, comme à leur d'habitude, sur les sacrifices exigés par ces dépenses. Mais ayant dépassé l'âge de raison, je remarque plus de choses qu'avant. Là, sur leur visage triste et silencieux j'ai lu des reproches muets et comme je l'ai écrit dans une belle rédaction, pleins d'amertume. Sans vouloir comparer à tout prix, ni envier ce qui n'est pas enviable, je ne peux m'empêcher d'estimer exagérée la différence entre les riches et les autres. Surtout en ce qui concerne les anniversaires d'ailleurs. Pour le sien, François a reçu un superbe char d'assaut doté de remontage à ressort, sans compter une dizaine de sucres d'orge et un délicieux saint-honoré dégoulinant de caramel fondu. Avec ses chenilles mobiles et sa croix noire, son char était tellement magnifique qu'il n'a pas osé le laisser entre mes mains. Bien sûr, étant moi-même en bons termes avec des gens fortunés, j'ai souvent essayé de me persuader que je devais m'estimer heureux de mon sort. Il est vrai je profite un peu de leur générosité. Par exemple, pour revenir à l'anniversaire de François, même si je n'ai pas eu le droit de faire rouler le char d'assaut magnifique je me suis rattrapé côté sucres d'orge où mon ami avait été très généreux. En plus, comme il n'aime pas la lecture, il m'a cédé sans regret son gros roman d'aventures, *Roland le Chevalier Intrépide*. Tout de même, bien que ce soit agréable de profiter de quelques avantages, je commence à trouver contrariant de passer toujours en second et de m'obliger à demeurer poli quand je voudrais dire des gros mots.

Ce jeudi-là donc, je réfléchissais à ces différences déplaisantes et m'apprêtais à faire fonctionner la tactique du patronage de l'abbé Dufaux. Pourtant, à peine franchi le mur de clôture, j'ai remarqué que la ville paraissait tout agitée et bruyante. Des petits groupes d'hommes circulaient dans les rues avec dans les mains, des fusils et d'autres engins en ferraille. Ils m'inquiétaient car beaucoup n'étaient pas habillés en vrais militaires. Surtout, ils ne défilaient pas avec le bel ordre des soldats allemands mais se faufilaient en regardant derrière eux comme des coupables. Sur leur manche droite, j'ai réussi à lire sur un chiffon blanc les lettres FFI. Comme personne ne prêtait attention à moi, j'ai pu arriver en face du 14 rue de la République, la splendide maison de monsieur Macaigne. Je me suis arrêté sans bouger car un petit homme nerveux, habillé en kaki et coiffé d'un calot sans insigne frappait à grands coups de poings sur la porte en hurlant :

– Au nom de la France libre, rendez vous et ouvrez !

J'ai trouvé ce faux soldat très impoli de s'adresser à une personnalité importante et si riche avec cette brutalité. J'étais sur le point de le prévenir qu'il se trompait d'adresse mais lui a préféré tirer avec son pistolet sur la serrure sans m'écouter. Il a fait signe à ses complices de le suivre à l'intérieur. Quelques minutes plus tard, j'ai entendu deux autres coups de feu. Un homme est revenu chercher un objet tout en longueur dans une camionnette en stationnement. Peu après, tous ces gens brutaux et agités ont quitté la maison, dont deux emportant un brancard. Dessus, j'ai remarqué une forme allongée recouverte d'un drap blanc. Á ce moment, j'ai eu peur et j'ai pleuré. Ensuite, j'ai vu pénétrer plusieurs femmes très excitées. Elles sont vite ressorties, se disputant pour agripper par les cheveux la belle dame du marronnier qui demeurait calme et triste.

– Toi, ma beauté, t'as p'tête pas couché avec les Boches, mais t'as fricoté avec le Macaigne : c'est kif-kif bourricot.

Une grosse ménagère à tablier noir, très laide, lui a chipé du rouge à lèvres de son sac à main. Elle lui a barbouillé le visage de grands traits rouges avant qu'une seconde ne lui arrache à son tour. "T'es pas un peu siphonnée de bousiller c'truc là qu'est introuvable. Refile le moi donc… Moche comme t'es, évidemment…" Avec des ciseaux, une autre femme lui a coupé ses longues mèches de cheveux blonds. Trouvant que ce n'était pas assez court, une quatrième lui a passé un rasoir sur le crâne jusqu'à que l'on voit sa peau toute blanche. Ensemble, elles ont alors poussé en bas du perron la dame.

Moins belle que l'autre nuit à cause de la coiffure détériorée, mais toujours exquisément parfumée, elle m'a frôlé sans m'apercevoir. Dans sa longue jupe noire, elle vacillait sur ses jambes et au bord de ses yeux, j'ai pu remarquer des larmes et du désespoir. De la main, je lui ai fait un petit signe qu'elle n'a pas remarqué.

VII

A partir de cette année, je poursuis mes études au lycée. Comme prévu, mon examen d'entrée en sixième a été pour moi une pure formalité. J'ai bien sûr réussi ma dictée avec zéro faute même si j'ai hésité sur un participe passé du verbe avoir. Pour le problème, c'était enfantin mais je n'ai aucun mérite parce que j'adore ça naturellement. Sans me forcer du tout, le calcul mental et les opérations me ravissent de plaisir. Cependant je préfère nettement la multiplication à la division car à mon avis, c'est une opération optimiste. C'est extraordinaire la multiplication, parce qu'à partir de presque rien, même de tout petits nombres à virgule, tu peux créer des énormités immenses. Á condition d'appliquer un multiplicateur suffisant, évidemment. Ces possibilités gigantesques me donnent des tas d'idées pour devenir millionnaire.

Millionnaire. C'est en effet le métier que je me suis choisi pour plus tard. Disons que cette vocation s'inscrit dans mon cerveau à chaque fois que je revis en pensée deux situations opposées, ce qui est très fréquent et peut se produire au beau milieu d'une partie de ballon-prisonnier. D'un côté, je me rappelle le père de François, habillé avec distinction, accompagné de ses jolies dames parfumées de jasmin et de l'autre j'observe papa, dans son complet gris élimé, suivi de maman moyennement élégante, sentant l'odeur de lessive. Simultanément, je me dis qu'avec des sommes très petites, voire infimes mais très souvent répétées, on peut déboucher sur des fortunes. Ce n'est pas moi qui ai inventé ce prodige, c'est l'arithmétique.

Je suis donc inscrit à Jules-Traversier, établissement censé rassembler les meilleurs éléments de la ville. Cela signifie en pratique que seuls les enfants des familles aisées le fréquentent, à peu d'exceptions près dont je fais partie. Bien que tirant le diable par la queue, notre famille n'est pas assez modeste pour justifier l'octroi d'une bourse. Toutefois mon père a jugé impensable que je poursuive mes études ailleurs que dans cet établissement réputé. En effet, à ses yeux, seules les études ornent leurs lauréats d'une vraie noblesse, l'éducation procurant un bien-être supérieur à toute autre valeur matérielle. Il respecte tout diplôme et place à leur sommet ceux couronnant les disciplines les plus abstraites. Ainsi vénère-t-il avec ferveur la métaphysique transcendantale tout comme la physique quantique. Ne trouvant pas avec maman une interlocutrice à son niveau, il m'a un jour pris à part, tentant de m'inculquer un avant goût de ces austères disciplines. Il était si enthousiaste qu'il est en devenu rouge et s'est étranglé d'exaltation. Malgré une précocité indéniable, ne parvenant pas à me former d'opinion bien nette sur le sujet, j'ai commencé par émettre une vague mais tiède approbation. C'est alors que j'ai ressenti sa déception. De fait, c'est surtout quand il a commencé à évoquer Max Planck et le rayonnement électromagnétique du corps noir que mon attention a décroché, m'amenant à poser une remarque de bon sens :

– Et papa, avec la physique quantique, on gagne beaucoup d'argent ?

Papa m'a alors considéré d'un long regard interloqué et comme empli de chagrin. J'en ai déduit que ma question l'avait choqué et c'est depuis ce moment là que j'ai compris combien nous étions différents. Moi, j'adore parler d'argent. Discuter de la façon d'en gagner beaucoup me passionne. Lui papa, n'y prend aucun plaisir : il donne l'air de trouver ce sujet inconvenant et ennuyeux. Heureusement, malgré nos opinions différentes à ce sujet, nous sommes tous deux d'accord sur l'importance de ma réussite dans les études. Papa, c'est pour le prestige intellectuel, moi pour la réussite financière. En effet, grâce à François, j'ai pu me rendre compte que la connaissance possédait une valeur marchande. Si j'avais pu échanger mes devoirs de classe contre des confiseries ou des jouets, c'est donc qu'ils avaient un prix. J'en déduis qu'il doit exister un lien entre savoir et marchandises, entre éducation et argent. Observant cela, je m'apprête à ingurgiter sottement toutes sortes de matières y compris celles dont je ne comprends pas l'utilité. Le latin est un cas bizarre : voilà une langue qu'on ne parle plus depuis très longtemps et qu'on nous oblige à apprendre dans tous ses détails compliqués. Ce n'est pas avec cette matière que j'arriverai à construire la belle démonstration des petits nombres à virgule. Sauf si Jean-Jacques Dupin a raison. En effet, lui est chaud partisan de l'utilité du latin, en soutenant que les curés du Vatican s'en servent chaque jour, y compris le chef des catholiques, le Pape. A cet argument, je me suis trouvé honteux et le bec cloué, du fait de mon ignorance de cette religion, contrairement à beaucoup de domaines où je brille. Cette lacune provient de papa qui a insisté auprès de maman pour que je n'assiste pas aux cours de catéchisme. Après l'éphémère abbé Dufaux et son patronage, je ne croise plus de prêtres que dans la rue. Tout cela pour dire qu'en dehors de Pape, seul métier prestigieux pour lequel il vaudrait la peine de se dépenser, je ne saisis pas l'intérêt du latin. Malgré cet inconvénient, comme je me le suis juré, je réussirai mes études et damerai le pion à tous mes camarades privilégiés. Aussi suis-je devenu un phénomène, le seul élève qui récite sans faute et sans antisèche la cinquième déclinaison :

Manus, manus, manum, manus, manui, manu;

Manus, manus, manus, manuum, manibus, manibus.

Dans la classe de monsieur Labienus, il m'arrive de souffler discrètement les bonnes réponses à mes petits collègues mais jamais je ne copie sur eux. D'abord, je risquerais de me faire pincer inutilement par le professeur, ensuite et surtout, je ne leur fais pas confiance. Je soupçonne mes camarades de ne pas travailler assez dur. Certains même travaillent très mou. Pour les compositions et interrogations écrites, mon devoir est toujours largement étalé à la vue de mes voisins, contrairement à beaucoup qui se dissimulent derrière un coude agressif. Je discerne de gros avantages et de faibles risques à cette attitude d'ouverture. Apprenant toutes mes leçons, je rédige toujours avec calme et intelligence. Le copieur lui, regard en biais et crainte au ventre, exploite rarement bien son larcin. Souvent ses efforts sont disproportionnés au résultat obtenu, surtout quand son talent de réflexion est limité. Si par extraordinaire, un copieur me dépasse au classement, il se sentira si gêné qu'il ne tardera pas à venir s'excuser. Ainsi, cette méthode parait pratique pour se faire des amis reconnaissants et fidèles. L'autre fois, Renaud de Sainte-Opportune, qui est assis à ma droite en classe d'histoire s'est servi sur ma copie de ma référence au mythe d'Osiris et a décroché un superbe 16. Moi qui m'étais trop étendu en anecdotes hors sujet - depuis la jalousie de son frère Seth jusqu'à sa renaissance grâce à Anubis - j'ai eu droit à seulement 14. J'étais vexé d'être distancé, mais cet incident m'a permis de l'absoudre à bon compte, de jouer aux modestes et finalement de me faire inviter dans le château de son père, édifice très ruiné mais impressionnant. Dans le grand salon défraichi, trônent les armoiries de la famille. Il a tenu à m'y faire pénétrer à cause de la devise inscrite sur le blason : *Semper fidelis.*

– Jérôme, si je t'ai amené ici, c'est pour implorer ton pardon.

En utilisant un vocabulaire aussi solennel, j'ai cru que Renaud voulait me faire une bonne blague. Cependant, il a poursuivi sur le même ton.

– Parce que j'ai honte, comprends-tu… Oui, honte de t'avoir volé ta note d'histoire, de ne pas mériter les éloges du prof. Regarde au mur la devise de notre vieille famille - *Toujours Fidèle* – hélas je ne l'ai pas respectée. Bien sûr, je vais me confesser de ce péché au père Ducaisson, mais avant ça, j'ai besoin de ton pardon.

Bien que je trouve absurde que Renaud prenne tant au sérieux un copiage de rien du tout, j'étais malgré tout ébranlé. Contrairement aux usages où le coupable baisse la tête, lui restait droit comme un i, tel Ivanhoé prêt à affronter le Jugement de Dieu. Soudain, il s'est emparé de ma main droite et j'ai cru distinguer au coin de ses yeux des petits points brillants. A cause de la hauteur du plafond, de sa belle mise en scène, je me suis senti à la fois très intimidé et contraint de me manifester. En guise de réaction spontanée et étourdie, j'ai alors approché ma main libre de sa joue et l'ai caressée. Il s'est reculé, l'air choqué.

– Mais pas du tout, Jérôme…Tu te trompes, ce n'est pas ça… Il ne faut pas !

Bien que je ne les aie pas comprises, ses paroles laissaient supposer que j'avais eu une mauvaise idée derrière la tête. Moi, j'étais pour ainsi dire certain d'avoir agi sans aucune intention particulière. Pourtant à cause de mon geste idiot, j'ai rougi et me suis senti confus. J'ai fixé le noble blason sur le mur puis le bout de mes chaussures, pleines de boue grisâtre. Après un long silence, Renaud s'est éclairci la gorge et a fini par oser me fixer au fond des yeux, d'une façon très gênante. Il a alors déclaré très solennellement:

– Jérôme, j'ai bien réfléchi, le seul moyen de nous purifier passe par l'épreuve du sang. Oui, face à ce blason, tout en mêlant notre sang, nous allons nous jurer une amitié fidèle et éternelle et nous engager à ne plus tricher en classe.

A nouveau, j'ai pensé qu'il plaisantait avec ses accusations d'impureté, n'étant quant à moi flétri d'aucun délit de tricherie. Mais il a continué dans le style austère, si bien que pour m'accorder au cérémonial, je me suis mis au garde-à-vous. D'un fourreau de cuir, il a extrait un poignard avec lequel il s'est incisé la paume. Brillante et aiguisée, la lame tachée de son sang, m'a fait grimacer de dégoût et de peur. J'ai fermé les yeux et après avoir feint de m'entailler la peau, j'ai barbouillé ma propre paume du liquide poisseux resté sur la lame. Puis très vite, levant l'arme à hauteur du cœur, je l'ai tendue pompeusement vers lui afin qu'il fusionne sur lui notre sang. Puis, grimaçant d'une douleur inventée, j'ai vivement entouré ma main d'un mouchoir comme pour endiguer une abondante hémorragie. J'ai été très soulagé d'entendre tinter la cloche du déjeuner qui mettait fin à cette étrange initiation. Après cela, si nous sommes restés très liés, Renaud n'est pas vraiment devenu mon ami car il me désoriente trop. A mon avis, il réfléchit trop à la morale avant d'agir. C'est un type étrange, très différent de François. Le point positif est que sa fréquentation permette mon insertion dans la communauté lycéenne. Ayant noté des réflexions hostiles et mines dégoûtées à propos de son père, j'ai cru opportun de taire mon ancienne amitié avec François. Cette attitude hypocrite contredit le pacte *semper fidelis* signé avec Renaud mais après tout, mon sang n'a pas été vraiment mêlé avec le sien.

Chez les Macaigne, l'ennuyeux était qu'en ouvrant une porte, on risquait de se trouver face à face avec une dame seule à demi-nue, ou bien une dame habillée occupée à caresser le papa de François, voire les deux choses en même temps. Tout le reste était agréable, surtout les repas, les goûters avec jus de fruit et gâteaux, les sièges aux coussins moelleux, la belle décoration et le bon chauffage en hiver. Malgré sa gentillesse et sa fortune, j'ai été déçu de remarquer que personne n'aimait monsieur Macaigne. Plus souvent, les gens prétendent ne pas le connaitre bien que j'ai remarqué, jadis, certains dans son salon, tout sourire avec lui. Avec les Saint-Opportune, c'est le contraire. Dès que je cite ce nom, tout le monde se sent à l'aise et se montre aimable. Pourtant dans leur vaste château, les pièces sont défraichies et il y fait froid ; quant à la nourriture, elle y est très chiche. Le plus dérangeant, c'est qu'on a tout le temps l'impression d'être jugé. Avant de me lier avec Renaud, je connaissais à peine le mot de péché. Lui l'utilise à tout bout de champ. C'est pire qu'avec papa quand il m'a grondé à cause de mes soldats allemands ! Car lui parlait seulement d'erreur ou de faute. Tant pis, c'est la rançon de mon insertion ! Il est sûrement ennuyeux de l'entendre ressasser sa morale mais le jeu vaut la chandelle : en compensation, quasiment tous mes camarades ont modifié leur attitude envers moi. Ils bavardent comme si de rien n'était et n'osent plus se moquer ouvertement de mes habits rapiécés.

Voilà deux ans que la guerre a cessé. Pourtant notre situation matérielle s'est à peine améliorée. Il est saumâtre de constater que malgré la totale victoire de la France - c'est papa qui l'a déclaré - les restrictions se poursuivent, contraignant la maisonnée à un régime ascétique. Papa persiste à refuser tout compromis qui pourrait améliorer la qualité de notre approvisionnement. Quant à maman, c'est la mort dans l'âme que malgré tout elle s'embarque dans de petites tricheries innocentes. Parfois, je sais qu'elle se procure des œufs ou de la viande au marché noir, mais la pauvre se fait duper en les surpayant largement. Ensuite, elle est obligée de rogner sur ses robes. D'après mes calculs, elle verse aux intermédiaires dans les quarante pour cent en trop. J'ai calculé ce chiffre après l'avoir entendu discuter de ses soucis avec la voisine, une sacrée roublarde. Il est sûr qu'une personne comme ma mère ne saurait devenir riche comme moi plus tard, elle manque vraiment trop d'aplomb face aux commerçants et aux gens en général. Il n'empêche que les conséquences de son incompétence me restent littéralement sur l'estomac. Par son manque d'audace, voilà toute une famille condamnée à la répétition et la nausée. Ce que j'exècre le plus est la soupe au tapioca. Tous les trois jours maman me la déverse, gluante et tiédasse dans mon assiette ébréchée. Forcément, la faire chauffer à point consommerait plus de gaz, quant à la servir dans un récipient élégant… De ma cuiller tordue, je touille avec dégoût ces bâtonnets flasques qui ressemblent à des vers blancs. Avant de me résoudre à avaler, tellement je crève de faim. Je me rattrape un peu avec la soupe au vermicelle, par malchance peu fréquente. Comme elle constituée de petites lettres, je m'amuse avec Nathalie à former le plus vite possible des mots de métiers ou de prénoms. Souvent je la laisse gagner, ce qui en coûte à ma fierté de bon élève. C'est un peu comme pour le copiage en classe, mais pour d'autres motifs. En effet, comme le souligne maman « J'ai un faible pour elle ». Faible est d'ailleurs une expression inexacte car envers elle, j'éprouverais plutôt un fort attachement.

En plein hiver, je continue à porter des culottes courtes en drap gris, au derrière remplacé trois fois. Les chaussettes que maman m'a tricotées sont trop longues - de façon à durer un an de plus - et pendouillent en carcaillot à cause des élastiques qui lâchent. Les premiers temps, j'étais le seul à arriver au lycée avec une blouse grise, comme à la communale. Désormais, je viens sans, ayant vite escamoté cette ignominie sous mon matelas. Malgré cela, pour enfoncer davantage le clou du déshonneur, ce crétin de Dullain a cru finaud de me jeter en pleine poire : « Bravo, Laréquie pour la blouse, t'as enfin pigé qu'il y avait des limites à la bouffonnerie. » Il va de soi que la minable trouvaille de ce poids plume cérébral a eu lieu avant ma fréquentation des Saint-Opportune, qui l'a visiblement impressionné. Mais tu ne perds rien pour attendre, Dullain ! Quand je serai devenu nabab en chef et toi médiocre petit employé, de ma Rolls-Royce étincelante, je t'adresserai un petit signe dédaigneux. Si je suis de bonne humeur, je t'inviterais peut-être à y monter après t'être essuyé trois fois les pieds. Pour l'heure, je considère qu'avec ses pantalons golf et son superbe cartable en cuir à deux soufflets latéraux, il est un garçon à ménager. Malgré tout, avec ses grosses mâchoires de singe, il m'est antipathique et ne deviendra jamais un ami.

Au total, bien que je fasse mon trou, surtout grâce à l'appui de Renaud, je regrette cependant l'époque de François, vrai copain d'enfance. Je n'oublie pas les moments de détente et de réconfort passés auprès de lui alors que tout manquait à la maison. Il m'a éveillé aux plaisirs de l'existence. Tenez, dans une récente rédaction, on nous demandait de proposer des exemples de métaphore. J'ai décrit la forêt noire, solide, dense et touffue comme représentant la morale, stricte, sévère et inflexible. Ensuite j'ai choisi la prairie ondoyante, fleurie et odorante comme image de l'opportunisme, souriant et adaptable. Par prudence, je n'ai pas dévoilé ma préférence entre les deux, bien qu'en grandissant, je me sente davantage attiré par la seconde métaphore. J'ai craint que le professeur n'y voie un parallèle avec mes fréquentations durant la guerre. Celles-ci ont découlé du pur hasard. Pourtant, un nombre incroyable de garçons font les malins en prétendant avoir eu un père, un oncle, voire un vague cousin dans la Résistance. Du coup, je sais rester discret, le spectacle des dames tondues me rendant un grand service sur la nature des dangers actuels. La quotidienne blessure d'amour propre subie à essuyer les regards méprisants à cause de mes vêtements élimés me suffit. Y ajouter des embêtements liés à un passé irréversible serait ridicule. Du reste, côtoyer ces blousons dorés est une fertile expérience éducative. Mon relatif dénuement me renforce vers un objectif unique : les surpasser.

Je soupçonne maman de prier en cachette dans sa chambre. Une fois, par le trou de la serrure, je l'ai surprise à genoux dans sa chambre, le front enfoui entre ses mains. Aussi, ce vendredi saint, elle a fait semblant de ne pas avoir faim. Grâce aux explications de Renaud, j'ai deviné que c'était une manière de faire pénitence, usage qui est bien vu chez les catholiques. C'était avant le retour de papa du bureau, qui possède sans conteste toutes prérogatives dans le domaine religieux. Comme il se dit athée intense et inébranlable, maman est sur ses gardes et m'a automatiquement exclu du catéchisme. C'est donc moi qui ai dû aborder ce sujet avec lui. Il a conclu sa démonstration par :

– Vois-tu, Jérôme, les religions sont le tombeau de la raison.

Bien que je trouve la phrase belle, j'ai tenté en vain qu'il me laisse participer aux cours d'instruction religieuse. En effet, comme la majorité de mes camarades est catholique, à commencer par Renaud, les lundis soirs, j'ai tendance à me sentir esseulé et incompris. Oui, lorsque presque tous se dirigent vers la salle 157, local de l'aumônerie, je suis comme mis au ban de la classe. C'est d'autant plus bête que je n'ai rien contre Dieu qui me parait bien utile pour expliquer l'univers compliqué qui nous entoure. Quand j'observe un puceron, une girafe ou un soleil couchant, je me convaincs que seul un personnage très puissant et surdoué de sa pensée a été capable de telles inventions. En plus, il parait que pour leur communion, mes camarades vont revêtir d'élégants déguisements comportant pantalon gris et cravate. Mon premier pantalon, j'en rêve debout ! Dans l'église, en compagnie des filles toutes de tulle blanc revêtues, on dirait des jolis petits mariés m'a raconté maman. Par malchance, papa estime lui, que le puceron et la girafe sont explicables par l'évolutionnisme. Qu'en outre, Darwin a démontré que l'homme descend du poisson via le chimpanzé. Face à ces arguments difficilement attaquables sans préparation, je me suis aussitôt souvenu du patronage de l'abbé Dufaux. A cette époque, je déclarais m'y rendre alors que je n'y restais qu'un quart d'heure. Aujourd'hui, je peux prétendre assister au cours facultatif de solfège et, à la place, me rendre au catéchisme. Après tout, j'ai six ans de plus ; cela m'autorise à des filouteries plus hardies. J'ai rencontré le père Ducaisson, grand homme sec aux yeux perçants. Il m'a demandé de lui apporter mon certificat de baptême et de lui indiquer le nom de ma paroisse. Devant cette double impossibilité, je lui ai avoué être plus catholique de conviction que de réalité, mais avant tout éprouver un fort désir de conversion. Me dévisageant d'un air halluciné, il m'a félicité avec exaltation, tout en recommandant de renforcer par la réflexion cette belle aspiration à la foi. Puis, il s'est lancé dans une ample digression sur divers aspects de la religion, son exigence spirituelle et la nécessité de s'instruire par des cours de catéchisme renforcé. Plus il discourait, plus j'étais obnubilé par les boutons sa soutane de laquelle émanaient des relents de tabac froid. Par dix fois, je les ai comptés, recomptés sans jamais parvenir à l'extrémité du vêtement. L'exercice était voué à l'échec à cause du manque de lumière et du nombre exagéré de ces ornements. Je peux aisément effectuer deux tâches à la fois, n'allez donc pas penser que ce dénombrement mental m'ait détourné des propos de l'aumônier. A travers un capharnaüm mêlant Sainte Bible, mystère de la Trinité et vertus cardinales, j'ai parfaitement assimilé que mon insertion au sein de sa Communauté exigerait d'immenses et pénibles efforts, couronnés en bout de course par la communion. J'ai donc préféré atermoyer.

– Mon saint Père, je vous remercie amplement de vos diligentes explications. Je vais réfléchir à votre proposition, en référer à mes parents et prendrai bientôt une décision. Quoi qu'il en soit, je suis arrivé à 160.

Mis à part la dernière phrase échappée par réflexe, à cause des boutons de la soutane, j'ai tenu à rapporter à Renaud fidèlement le contenu de l'entretien. Je tenais à lui signifier que, question religion, j'étais fondamentalement du même bord que lui, donc que seules des raisons pratiques m'empêcheraient de l'accompagner le lundi soir. Je n'ai pas insisté sur ma décision intime de ne pas m'engager au-delà dans la conversion, étant donné mon emploi du temps fort chargé. Renaud, que je savais très pieux, a eu l'air touché de mon geste et m'en a complimenté. Il a juste ergoté sur la forme en prétendant que *Saint-Père* était destiné à l'attention exclusive du pape. Je lui ai rétorqué que, bien qu'invisible en paroles, mon saint Père à moi portait un s minuscule et que par conséquent, pour un homme d'église aux yeux si ardents et convaincus, la formule était adaptée. Convaincu, il m'a alors proposé de me copier toutes les semaines un résumé de ses cours de catéchisme. Par politesse, je n'ai pas refusé si bien que ses petites feuilles à carreaux s'accumulent au fond de mon tiroir. Je ne les lis jamais mais jeter à la corbeille la parole de Dieu m'aurait paru sacrilège. Quoi qu'il en soit, notre attachement s'en est trouvé renforcé et pour ainsi dire, sacralisé.

VIII

L'énoncé de la dissertation de cette quinzaine est rédigé ainsi : « Analysez et discutez cette phrase de Bacon : si certaines gens méprisent les richesses, c'est qu'ils désespèrent de s'enrichir ». Je suis humilié de n'avoir obtenu que 12/20 à ce devoir dont le thème me collait à la peau. Je m'étais renseigné à fond sur ce philosophe que certains camarades incultes continuent à tenir pour un charcutier inventeur d'une recette de lard fumé. Douze sur vingt pour un sujet qui paraissait écrit à mon intention et que j'ai si bien défendu ! Je m'en suis senti frustré et incompris. Monsieur Delta, notre professeur de lettres, a écrit en marge : « Devoir brillant, bien documenté et très bien rédigé. Dommage que la partie critique soit délibérément ignorée». D'habitude je suis en effet plus nuancé dans mes positions, arborant frileusement en oriflamme la trilogie "thèse, antithèse, synthèse". Mais là, désolé, nul ne peut transiger car l'auteur de la phrase a raison à 99%. Car c'est évident, tout le monde ou presque désire devenir riche même si très peu sont assez endurants, intelligents et ambitieux pour y parvenir. Du coup les perdants se vexent, se lamentent et tordent d'affreuses grimaces à l'égard des gagnants. En feuilletant la documentation, j'avais bien constaté que des tas de penseurs étaient opposés à l'argent, considérant d'un mauvais œil la réussite. J'ai ignoré l'avis de ces dix pour cent de mal lunés qui dénigrent un bien aussi essentiel que jalousé. Rien n'y fait, dans mon crâne surchauffé bouillonne mon ambition de millionnaire en herbe, avec l'obsédante comparaison entre mon père et monsieur Macaigne. Ici un homme moral, sobre et désintéressé, locataire d'un modeste logement sombre et mal chauffé ; là un gai luron, actif et entreprenant, propriétaire d'un manoir animé et chaleureux. Du reste, j'ai pris monsieur Macaigne en exemple mais tenez - au hasard - monsieur Janillon ferait aussi bien l'affaire. En plus, celui-là a eu la perspicacité de se mettre du côté de la Résistance au moment propice de sorte que sa position et sa fortune en ont été renforcés. Ce qui m'énerve, c'est que son fils Jean vienne me narguer avec une note identique à la mienne. Pour une fois que ce médiocre cerveau se hisse au-delà de la moyenne, on peut entendre ses cocoricos dans toute la cour ! Il reste entendu que ma condition sociale ne m'autorise pas encore à le prendre de haut et hypocritement, je lui ai souri d'un air humble. Tout en amabilités extérieures, en moi-même je me répète : patience Jean Janillon, quand je te recevrai dans mon hôtel particulier, c'est toi qui baisseras le regard. Oui, je ne vise pas à la simple aisance ; il me faut l'opulence, le luxe, le faste. Dans l'attente de ces jours prometteurs, j'estime qu'il faut pourtant profiter de l'occasion. Il parait opportun de mettre mon mouchoir sur ma fierté et amadouer ce fils de famille. Normalement, les garçons s'appellent par leur patronyme mais là, je vais tenter une exception.

– Bravo Jean, pas mal ta note ! Tu m'as presque battu cette fois-ci. Tu pourrais me montrer ton devoir ? Si, si ! Ça m'intéresse vraiment.

A son froncement de sourcil, Janillon junior flaire sans doute un piège. Pourtant il s'exécute, flatté que moi, premier de classe, s'intéresse à un élève aussi falot. En le parcourant, je suis effaré de la bienveillance de monsieur Delta envers un devoir où les banalités sont déversées à pleins tombereaux. "*L'argent ne fait pas le bonheur mais il y contribue*" n'est pas le moindre lieu commun érigé en vérité philosophique. Pour moi qui avais conclu par un cinglant "*Le dégoût de la richesse est la mélancolie de l'impuissant*", je trouve que décidément notre professeur a commis un péché d'indulgence. Il est vrai que comme ses collègues du lycée, parfois brillants dans la théorie mais souvent timorés face à la réalité, il doit fuir à tire d'aile loin les affres d'une rude compétition qui le dérange. Plutôt que de se colleter avec les rivalités de la vraie vie, il a opté pour se complaire dans d'inoffensives abstractions. La contemplation et non l'action. Je reconnais bien là les tares de mon propre père, ce héros du non-agir.

En définitive, Jean Janillon n'est pas un mauvais bougre. Physiquement peu élégant, intellectuellement assez lourdaud, moralement sans opinion, il représente presque l'antithèse de Renaud. Toutefois, comme sa famille est financièrement très à l'aise, je bénéficie grâce à lui des agréments que procure la richesse et qu'il a par conformisme, fait semblant de mépriser en rédigeant son devoir. Chez ses parents, il y a tout le confort moderne, frigidaire, aspirateur, machine à laver, moulin à café électrique, cocotte-minute et tutti quanti. Il en est si fier qu'à ma première visite chez lui, il n'a pas manqué de m'en faire la réclame. Il m'a fait passer par la cuisine à seul fin de m'exhiber cet équipement flambant neuf. J'étais admiratif et jaloux. Il a précisé qu'en fait, de tels appareils étaient inutiles puisqu'ils avaient une bonne à domicile. Comme l'avait déclaré son père : une domestique, c'est tout de même prévu pour laver le linge sous le robinet et passer le balai à la main. Seulement a-t-il ajouté, c'est une question d'hygiène car ces gens là on ne sait pas toujours où ça va traîner, n'est-ce-pas ? Depuis la flatterie de la dissertation, Jean me fait bonne figure. Néanmoins, face à certaines de mes propres fanfaronnades au sujet de la fortune familiale, il a eu le nez de rester dubitatif. En jetant les yeux sur mes vieilles galoches avachies, il flaire une supercherie et cherche à trouver la faille. J'ai en effet affirmé que nous aussi possédions, évidemment, un réfrigérateur. J'ai appuyé sur évidemment. Il m'a fallu jouer serré car il me lançait des questions-pièges du genre : quel est la forme de la poignée ou combien possède-t-il de grilles intérieures. Finalement, j'ai inventé que le nôtre avait été laissé en cadeau par un militaire américain, récemment retourné aux Etats-Unis. Oui, le colonel Mc Farrell, très lié avec mon père pour cause de – j'ai ménagé un silence éloquent – bref, ce colonel nous avait confié les honneurs d'un superbe Kelvinator rouge vif griffé Coca-Cola. Jean en avait l'air abasourdi et j'ai dû prendre les devants pour empêcher qu'il ne s'invite à la maison, appâté par la merveille. J'ai surenchéri en ajoutant que cette interdiction était liée à une question de secret-défense. Je me devais de frapper fort car il est certain que je ne pourrais encaisser son mépris face à la réalité matérielle. Ma mère continue à s'échiner sur le linge sale en le faisant bouillir dans une grande lessiveuse en zinc disposée au milieu de la cuisine. Ensuite, elle le brosse avec acharnement sur une planche inclinée placée sur les bords de la baignoire. La pauvre femme qui en ressort les mains rougeaudes, rugueuses et les vieux bas troués, est de moins en moins présentable. Certes les traits de Madame Janillon sont loin d'être plaisants ; sans insister sur sa silhouette large et courtaude. Il n'empêche que quand je la vois déambuler sur la promenade Aristide Briand engoncée dans son manteau de vison, ses grosses oreilles ornées de diamant, malgré mon âge j'aurais presqu'envie de donner la main à cette femme respectable.

Il m'est donc indispensable de fuir cette atmosphère navrante et d'en éloigner tout intrus. Je suis donc impatient d'aller boire du vrai Coca-Cola chez Jean. Il me plaisante sur cette envie en faisant allusion au frigo qui doit en regorger. Il finit par apporter ses petites bouteilles cannelées dans sa chambre où nous écoutons des chansons françaises sur son tourne-disque. Comme il n'a pas d'opinion personnelle, il me vante les succès appréciés de ses parents et j'ai bien entendu cinquante fois *Domino* et *L'amour est un bouquet de violettes*. Madame Janillon adore tellement Luis Mariano que je suis condamné à endurer des trémolos qui me laissent pantois. D'après Dullain, je ferais mieux de me consacrer à Brassens ou à Mouloudji. « Écoute donc *Le Gorille* mon pote, c'est tout de même largement moins tarte, et ça te déniaiserait un chouia.»

IX

C'est une grande première : nos parents nous ont laissé, Nathalie et moi nous évader dix jours à Dieppe. Ces braves gens commençaient à sérieusement me courir sur le haricot avec leurs manières antiques et solennelles et leur morale de petits bourgeois. Pour mes études à Angers, je suis condamné à dormir chez Edmonde, une très ancestrale cousine. J'ignore de quelle fiole de formol mon père a pu extraire cette vieille bique que nous ne fréquentions pas avant. Il a dû faire taire une querelle familiale en échange d'un hébergement pour son fils. Si elle me propose de la camomille avant d'aller me coucher, elle interdit formellement que j'invite dans son logis à la naphtaline la moindre présence étrangère. A la fin de chaque semaine, elle pousse le vice à vérifier de visu que je m'embarque bien dans le car pour Laval.

S'il n'en tenait qu'à moi, je me serai évadé depuis belle lurette à l'occasion des vacances. Seulement, les fonds me manquent cruellement car j'économise avec âpreté chaque centime de mon argent de poche en vue d'un grand projet.

J'ai quand même atteint dix neuf ans et il serait temps que je goûte à la liberté de mouvement. La plupart de mes camarades de fac sont déjà partis seuls. Certains prétendent en avoir profité pour séduire une fille et l'amener au lit avant la fin de leur séjour. Selon eux, c'est plus pratique et discret que s'ils opèrent depuis leur quartier. S'ils ne mentent pas, j'éprouve à leur égard une certaine admiration et les envie. En ce qui me concerne, les résultats sont moins brillants. Ils sont même carrément ternes. En l'absence d'oreille indiscrète, je serai franc : par manque de disponibilité, j'ai renoncé à ce passe-temps, susceptible de contrecarrer mon ascension vers la fortune, but prioritaire. Pour être plus précis, j'avoue éprouver de la frousse à courtiser une jeune fille, compte tenu de mon ignorance des détails pratiques nécessaires à conclure l'entrevue. A la maison, jamais maman n'a osé aborder le sujet et papa me l'a exposé d'une manière purement scientifique. Sur son encyclopédie, il a longuement détaillé les organes sexuels de l'homme puis de la femme. Au total, il y en a beaucoup plus que je n'imaginais. Il a expliqué le principe de la procréation mais est passé trop rapidement sur le mode d'emploi. Peu d'allusion à la pénétration de l'un dans l'autre qui, pour mes copains, constituerait le seul intérêt de l'opération. Pour les uns, on pourrait comparer ça à un cylindre coulissant dans un piston, pour les autres à un doigt dans un gant. Aucune de ses images ne m'inspire beaucoup. En tout cas, les planches et schémas représentant des bas-ventres entrouverts, bourrés de conduits, tuyaux, orifices et anfractuosités sont franchement laids et n'engagent guère à hâter les travaux pratiques.

Sans compter que face à une nana qui serait au courant du mode d'emploi, je détesterais avouer que je suis puceau. Pour moi qui excelle dans tous mes examens, ce serait une vraie vexation de me sentir inférieur. J'aurais bien tenté l'expérience avec une prostituée en bonne santé, blond platiné du genre Marylin mais à petite poitrine. Malheureusement, mes finances en pâtiraient d'autant plus. Pas du fait de la petite poitrine mais à cause de l'état sanitaire et du blond platiné qui obligent à viser les quartiers huppés. Pour patienter, je me suis rabattu sur des procédés autonomes découverts au hasard des douches et sur lesquels je ressens quelque gêne à m'étendre. Somme toute, cette question peut attendre. Ici en l'occurrence, la seule présence de Nathalie suffit à satisfaire mon bonheur. A l'exception des contacts physiques, c'est un peu comme si je partais en voyage de noces.

J'aurais préféré Deauville qui est plus chic, mais en dépit de mes protestations pour la forme, mes parents ont tenu bon. Ils ont réservé dans une pension de famille *Au Beurre Nor-*

mand dont je crains le pire. J'ai nettement l'impression que l'état pécuniaire de la famille stagne. Ses rares caprices, papa les consacre à l'achat de livres rares. Il en résulte que je ne dispose ni voiture, ni studio, à l'inverse de plusieurs de mes camarades. En m'entendant rouscailler à propos de la destination, Nathalie s'est moquée de moi avec des rires perlés. Parce que c'est elle, je lui ai pardonné son effronterie à mon égard tout en considérant qu'elle exagérait. Pour cette fleur des champs, rien ne compte sur cette terre en dehors d'une perpétuelle joie de vivre qu'elle puise d'on ne sait où. A vrai dire, elle bénéficie de tels avantages naturels que je l'admire. Il lui suffirait de se draper d'un vulgaire tissu pour ressembler à une princesse. Cela ne l'empêche nullement d'apprécier les cadeaux et de remercier avec chaleur et spontanéité si bien qu'on est prêt à recommencer dans la minute pour la seule satisfaction de lui plaire. Quand je lui ai offert une robe de mousseline pour son anniversaire, elle a manifesté un contentement si rayonnant que j'en ai rougi comme une fillette.

Pour partir en vacances, j'estime que prendre le train fait désormais démodé et un tantinet populaire. Elle, pas du tout. Elle m'a obligé à aller admirer la locomotive en tête du train. J'ai craint qu'elle ne se brûle : se plaçant tout près du monstre noir et fumant, elle a esquissé d'horribles grimaces et plagié Zola en la comparant à une Bête Inhumaine. Nul doute que Nathalie a un tempérament fantasque et imaginatif. Sur le quai, en revenant vers notre wagon, nous avons croisé Henri de Montesson qui s'installait dans une voiture de première classe. Je l'ai salué et échangé quelques banalités sur sa santé et la météo. Riche, élégant et raffiné, il fait partie de ceux à qui je voudrais ressembler plus tard. Je suis rasséréné par le fait que des gens de son rang empruntent encore le train. Sentant qu'il me suit du regard, il faut lui donner l'impression que je voyage au minimum en seconde. A la surprise amusée de Nathalie, j'ai donc opté pour grimper dans un tel wagon. Parvenu à son extrémité, je note qu'Henri continue à se pencher par la fenêtre, m'adressant des signes d'amitié. Pour ma dignité, impossible d'en redescendre. J'effectue donc le trajet jusqu'à notre voiture de troisième classe en me faufilant par des couloirs surencombrés. Les jambes empêtrées dans nos lourdes valises, je me décroche les bras, bousculant tout le monde. Énervé, j'ai à moitié renversé une frêle vieille dame à chignon que Nathalie s'est chargé de réconforter. Ma sœur me surpasse tant dans le domaine de l'amabilité et de la délicatesse qu'elle a joué ce rôle à merveille. Si elle n'a guère compris la motivation de ce gymkhana, me considérant d'ordinaire trop logique, elle a pris cet évènement avec une franche gaîté. Durant tout le trajet du train, alors qu'il tombait un crachin lancinant, elle a continué à sourire et plaisanter. Elle déclare qu'à la frontière, elle se fera naturaliser normande, tant elle "raffole du vert de cet océan de prairies dans lesquelles elle souhaite se muer en Io illico." En sortant de la gare, alors que je cherchais à savoir qui donc était Io, la malchance a voulu que je tombe à nouveau sur Henri, posté le long du trottoir.

– Je te… pardon, je vous, dépose à votre hôtel peut-être ?

En apercevant Nathalie, il lui a adressé un sourire à la fois raffiné et charmeur. Puis, un coupé blanc au museau impressionnant est apparu, pilotée par un chauffeur à casquette. Celui-ci s'est précipité pour débarrasser Henri de ses deux valises en cuir brun à fermetures dorées, luisant d'un superbe reflet. Afin de dissimuler à son regard nos pitoyables valises en carton, dignes de clochard en vadrouille, je me suis assis sur ces objets défraichis, levant vers lui un long cou de voyageur fatigué.

– Désolé, mon vieux, l'oncle Roland a promis de venir nous véhiculer. Et les oncles de province, tu sais ce que c'est. Du reste, nous aurions été à l'étroit dans ta D9.

– Bravo, monsieur s'y connaît ! Mais détrompe-toi, chez Delage, même les places arrière sont très confortables. Quant à respecter ton oncle, je ne peux que t'approuver. La famille, c'est sacré. Ce n'est que partie remise. Voici mon numéro de téléphone. Appelle-moi sans faute. Il faut absolument que je vous retienne, toi et ta fiancée pour un drink au casino. En tout cas, bravo pour l'originalité de tes valises. Ça, il fallait l'oser !

Nathalie, déjà étonnée de mon avachissement sur nos bagages, s'est montrée encore plus surprise de mon refus d'accompagner Henri. J'ai convenu que la Delage D9 était un superbe engin, insistant sur ses 90 chevaux à 3800 tours. J'ai prétexté que malgré cela il fallait fuir cet individu, raseur le plus efficace de la planète et en outre tapeur éhonté.

– De la planète, tu vas fort ? Déjà, je le regrette ! Pas pour les 342000 tours de ses chevaux auxquels je préfèrerais trois promenades à dos de vache, mais pour son regard ardent. C'est qu'il possède un charme fou, ton tapeur, un charme à damner les quémandeuses de mon espèce. Dommage que ce beau brun paraisse si riche et trop bien élevé !

Avec ces vaches et ses chevaux, Nathalie est déconcertante. En outre, je discerne mal en quoi richesse et bonne éducation représentent pour elle des critères négatifs. Le crachin s'est remis à nous transpercer de son humide ténacité et j'ai repris mon exercice de porteur. Mal protégé par un parapluie pour deux, j'avance au milieu des flaques d'eau en m'interrogeant sur les idées originales de ma sœur. Au bout de deux kilomètres, malgré l'obscurité et les gouttières percées qui nous arrosent, la pension est apparue, au fond d'une impasse crasseuse derrière le Vieux Port. Madame Juskowiak, femme sans âge aux joues molles nous attendait impatiemment, plus par crainte d'un éventuel manque à gagner que par sollicitude maternelle. Jetant un air condescendant sur nos vêtements ruisselants, elle a annoncé d'une voix aigüe.

– Ben faites gaffe quoi, vous aller me le saloper mon tapis avec vot'flotte. Mademoiselle et monsieur Laréquit, j'présume. Hum...Vous débarquez avec une demi-heure de retard... Bon enfin, j'ai tout de même gardé vos chambres. Question tarifs, ici on paye d'avance. C'est mille cinq cent cinquante balles par personne et par jour, repas compris. Le déjeuner c'est à midi et le diner sept heures et demie. Comme aurait dit mon homme qu'était adjudant : avant l'heure c'est point l'heure, après l'heure c'est pus l'heure. Ç'pas !

Cette nuit, je suis entré dans la chambre de Nathalie pour y chercher mon portefeuille. Elle dormait en souriant comme un ange. Certes, je ne crois pas aux anges mais s'ils existaient, c'est à elle qu'ils ressembleraient. J'ai toujours admiré l'ovale de son visage et l'iris de ses yeux verts dans lesquels papillonnent des paillettes dorées.

Pourtant, avant cet instant, je n'avais jamais imaginé combien, pacifiée par la pénombre elle pouvait incarner à ce point la sérénité. Légèrement ondulés, ses cheveux châtains, encadrent sa jolie figure. De deux doigts, j'ai dégagé délicatement des brins épars venus effleurer la commissure de ses lèvres. Comme ses traits sont fins, plaisants à contempler ! Dommage que mes mots soient si pâles, si faibles à dépeindre mon émotion esthétique. Avec son vocabulaire, ses mots à elle, des mots d'artiste, ma sœur aurait su faire vibrer ma description. Étrangement, c'est la première fois que je m'intéresse à une femme endormie… Comme je le regrettais tout à l'heure : un manque de temps sans doute ou le manque d'occasions d'en côtoyer une qui m'attire. C'est dommage, car j'apprécie ce spectacle à la fois agréable et bienfaisant. Mon regard descend vers sa poitrine que l'échancrure de son déshabillé a dénudée. Aussitôt, je détourne mon regard vers la chaise où sont déposés ses habits. A tâtons, je saisis un objet soyeux que je porte à mon visage. Je le hume. C'est son soutien-gorge que je respire, légèrement humecté d'un parfum, léger et moins tenace que celui des belles dames de mon enfance. Froissant ce léger accessoire entre mes doigts, à la fois troublé et calme, je m'approche à nouveau du lit pour me donner une contenance. En moi s'élève une inquiétude excitante qui me fait trembler. D'une main qui s'efface, j'effleure son sein, arrondissant la paume pour former le dessin du mamelon que dans l'obscurité j'entraperçois. Tièdes et légèrement imprégnées de sueur, des doigts me l'enserrent alors avant de la relâcher brutalement. Réveillée en sursaut, Nathalie s'écrie :

– Jérôme, qu'est-ce qui te prend ?...Tu m'as fait une de ces peurs ! Comment ? Ton portefeuille ! Voyons, il aurait pu attendre demain matin, je ne suis pas encore une détrousseuse en chambre.

Nathalie a raison, quelle mouche m'a piquée de l'effrayer ainsi ? A Laval, chez nos parents, en aucun cas je ne m'introduis dans sa chambre le soir. De surcroit, la heurter en mettant son honnêteté en doute n'est pas du meilleur goût. Pour me racheter, le lendemain je lui ai sorti le grand jeu. Sur mon argent de poche, nous sommes allés au golf miniature de la plage puis je lui ai offert un repas *A la Sole Dieppoise*, restaurant où le garçon a voulu savoir si "ces messieurs-dames" déjeunaient au menu ou à la carte. Nathalie m'a lancé en riant :

– Eh bien, voilà qui est fait : le serveur nous a mariés ! Il a reconnu en nous Atala et Jeronimo, les époux du Nouveau Monde.

J'en suis persuadé, Nathalie s'exprimait sans arrière-pensées, avec ses idées fantaisistes et son rire céleste. Néanmoins j'aurais préféré qu'elle choisisse un autre thème de plaisanterie, surtout vêtue de cette robe en mousseline blanche, mon cadeau d'anniversaire. Chacun sait parfaitement, moi en premier que je ne peux ni ne veux l'épouser. Mais une chose est de savoir, une autre est de badiner à ce propos. Il existe tant d'autres sujets d'amusement dans la conversation ! Pourtant, d'avance elle est pardonnée, elle qui est ma confidente et d'une certaine manière mon seul ami d'enfance. L'avoir pour petite sœur est une chance rarissime. C'est mieux que d'avoir gagné le gros lot avec cagnotte, tant elle est gentille, sensible, jolie et cultivée. C'est la seule personne de la famille avec laquelle je m'entende. Elle a connu tous mes secrets de classe, toutes les mésaventures vécues en compagnie de François et Renaud. Elle seule sait écouter mes élucubrations avec intensité, sans avoir l'air de se lasser, ni étouffer de bâillement. Bien que ses orientations personnelles soient souvent divergentes des miennes, elle n'émet pas de jugement sur mes propres choix, elle se contente de les commenter avec discernement et indulgence.

Malgré la force de nos liens, il y a cependant un secret que je lui ai dissimulé : ma vocation à devenir immensément riche. L'unique barrière entre nous. Sur ce terrain, si je me sens fort dans mon ambition, je reste fragile dans mes motivations. C'est un fait : je ressens intensément le besoin de posséder sans vraiment pouvoir expliquer pourquoi. D'avance, je sais que je ne supporterais pas d'être contredit. Je redoute qu'avec sa malice coutumière, elle ne se moque de moi en finesse, ce qui serait encore plus vexant que par des arguments brutaux. Elle, je le sais, se fiche de l'argent. Je la vois bien agir avec tous les prétendants, tous ces gommeux qui virevoltent autour d'elle. Elle en a éconduit plus d'un qui, selon notre mère, auraient représenté de beaux partis. Celle-ci en est demeurée consternée car son souhait était de la caser dès la fin de ses études secondaires. Mais notre élitiste de père veille, qui la soutient ferme dans la perspective d'un doctorat de lettres anciennes ou de sociologie. Selon moi, Nathalie est très capable de réussir l'un et l'autre, avec mention et lauriers de circonstance, sauf si elle décide sur un coup de tête d'abandonner les études pour l'homme de sa vie, elle qui me déclare rêver d'amour et d'eau fraiche. Ainsi, si proche que soit ma sœur de mon cœur et de mes pensées, je me sens tout intimidé, paralysé même à l'idée de déclarer à une étoile de sa magnitude que mon désir suprême est d'amasser de l'argent.

Après le repas, j'ai suggéré une sortie au casino. Puis, en bredouillant, je me suis repris, me rappelant Henri que je risquais d'y croiser. Je ne pourrais refuser une seconde fois qu'il nous raccompagne et alors, je risque une humiliation à mort. Lui avouer l'adresse de cette pension dans ce quartier crasseux serait déjà une rude épreuve mais si par malheur, il entrevoit la tignasse rousse de madame Juskowiak, je serais immédiatement catalogué. Je me suis rabattu en urgence sur le cinéma. L'Alcazar proposait *Il Bidone,* titre aussi peu attirant qu'incompréhensible. L'affiche était très laide avec le visage verdâtre de quatre personnages moroses. Tout en lorgnant ma réaction du coin de l'œil, Nathalie s'est mise à défendre avec enthousiasme ce spectacle.

– Jérôme, tu vas adorer. C'est une satire sociale, avec des escrocs qui s'en prennent à des braves gens, disons… un peu comme nos parents. Avec la mise en scène de Fellini, s'il-vous-plait ! Et petite bougie sur la tarte aux framboises, c'est en version originale !

Là j'ai compris que Nathalie se moquait de moi, n'ignorant pas que ce mode de projection, en langue étrangère, me gâchait la moitié du plaisir. Pour elle qui était entichée du cinéma intellectuel et compliqué, cette opinion était sincère. Par chance, j'ai aperçu sur le mur d'en face l'affiche de l'Alhambra avec *Les Dix Commandements,* film à grand spectacle comme j'en raffole. J'ai sauté sur l'occasion et comme je le prévoyais, Nathalie n'a pas contredit mon choix, me cédant avec une inimitable douceur dans le sourire. Pendant le documentaire, j'ai senti quelque chose me chatouiller l'oreille. C'était le chignon de la jeune fille assise à ma droite, en pleine effusion avec son compagnon. En explorant des yeux la salle avec appréhension, j'ai aperçu d'autres têtes, deux par deux réunies et me suis imaginé que l'ensemble des spectateurs formaient un immense rassemblement de couples amoureux. Seul, je me suis senti stupide. En quête de réconfort, j'ai agrippé la main de Nathalie, qui avec une douce fermeté l'a dégagée. Par chance, après l'entracte, l'histoire est devenue si palpitante que soit les ébats ont cessé d'eux-mêmes, soit je ne les ai plus remarqués. Happé par le récit, subjugué par Moïse guidant son peuple entre les bouillonnantes entrailles de la Mer Rouge entrouverte, j'imagine mal une partenaire amoureuse capable de m'en distraire.

Après le spectacle, sans nous concerter, nous nous sommes dirigés vers l'ample front de mer où mer et nuages se perdaient en un amas gris-argenté. La brise souffle sans discontinuer un petit air vif et salé, des bourrasques faisant tourbillonner ses mèches autour de son foulard et lui suscitant de longs frissons. Nathalie m'a pris la main et longeant cette étendue de revêches galets, nous avons déambulé. Je me demande pourquoi elle me l'avait refusé au cinéma ce qu'elle m'accorde ici. Comme le disent mes copains, avec les femmes, on ne sait jamais, bien que Nathalie ne soit pas une femme, puisqu'elle est ma sœur. Et puis là, elle porte des gants, ce qui constitue malgré tout un écran. Nous marchons de plus en plus vite sans réfléchir ni parler, comme si cet exercice avait pour vertu de résoudre une énigme impossible. Il n'y avait ni étoile, ni clair de lune, le temps était maussade et mouvementé. Pourtant ce souvenir restera inscrit très fort en moi, à en m'en brûler parfois la pensée sans que je me l'explique.

Ce matin, Henri m'a contacté au téléphone. Il avait la plaisanterie au bord de la voix.

– Allo Jérôme ! Je vous ai aperçus hier le long de la plage, tendrement enlacés. Joli spectacle en vérité. Mais mon vieux, il fallait me le dire que tu désirais demeurer seul avec ta fiancée. A la gare, je ne t'aurais pas ennuyé avec mes propositions de casino. Et puis, j'aurais été moins insistant du regard avec ton amoureuse. Ah, tu les choisis jolies ! Sacré vieux lascar, va !

J'étais si ébahi de ce quiproquo que j'ai bredouillé. Ensuite, mes dénégations outrées ne l'ont pas ébranlé d'un iota : il croyait que je plaisantais. Ainsi, voilà qu'Henri fantasme sur cette innocente promenade fraternelle. Il a beau être élégant et distingué, je lui en veux beaucoup de son manque de discernement. A part cet incident, ces vacances, loin des parents m'ont aéré l'esprit mais sévèrement entamé mes réserves d'argent de poche. Au retour, j'ai appréhendé le moment où ma mère chercherait à me tirer les vers du nez au sujet de notre séjour dieppois. Non que j'aie quoi que ce soit à me reprocher ni à taire, mais j'ai pour principe de ne jamais lui confier ni états d'âme, ni histoires personnelles. Quand elle apparaît sur le seuil de ma chambre, les deux mains croisées sur son tablier, je suis hérissé par avance du questionnaire à endurer. Du reste, on m'a toujours enseigné que rester synthétique était une qualité. En l'occurrence il était d'autant plus logique de respecter ces principes qu'il ne s'était rien passé d'imprévu ni de remarquable. Je m'en suis tenu à un compte rendu sobre et factuel dont la brièveté rendait superflu de la faire asseoir.

"Le train n'avait subi aucun retard, ni à l'aller ni au retour. Le temps avait été frais et venteux. L'argent mis à ma disposition avait couvert mes frais courants. Je remerciais mes parents de leur générosité." C'était là un résumé fidèle et complet. En revanche, j'ai jugé convenable de ne pas évoquer *Au Beurre normand,* coupant court à tous les reproches qui me restaient en travers de la gorge à propos de cet établissement. Constatant que maman s'incrustait, insatisfaite, tentant vainement de s'asseoir au bord de mon lit, j'ai débordé de la stricte limite de l'essentiel en lui narrant en trois mots notre sortie au cinéma. J'ai conclu en indiquant que j'allais potasser mon droit constitutionnel, matière importante de mon programme d'examen. Mais maman restait plantée devant moi en maugréant que pour dix jours de séjour, j'aurais pu être plus bavard. Je n'ai pas contredit cette opinion tout en reprécisant que ma révision de droit devait démarrer maintenant et non demain matin. Par chance, Nathalie qui sortait de sa chambre m'a sorti de ce mauvais pas. Elle a pris brillamment le relais en complétant mon récit avec force détails amplement brodés au-delà du véridique. La curiosité de chouette de notre mère a ainsi été étanchée.

– Pour le cinéma, Jérôme a raison maman. Nous avons bien assisté à la projection des *Dix commandements*, un récit biblique haletant, comme on n'en fait plus, avec deux cents mille figurants et un public surchauffé. Ce qu'il omet d'ajouter est nos longues errances sur la grève, cheveux au vent, nos pêches miraculeuses de monceaux de crevettes grises en grattant la grève sableuse de notre vaste pousseux. Dans les rochers, nous avons poursuivi des étrilles aux pinces monstrueuses, délogé des dizaines de soles et de limandes. En faisant de l'autostop, nous avons poussé jusqu'au cimetière marin de Varengeville qui s'inclinant doucement vers la Manche, offre aux morts son hommage marin. Enfin, nous avons effectué trois parcours de golf en compagnie du baron Eustache de Sancouleurs avant de ruiner nos dernières économies au Casino. Banco sous les falaises. Tout cela a été follement romantique.

– S'enrhumer en plein vent et réveiller les morts du cimetière, quelle folie !

X

J'ai enfin réussi à obtenir de mes parents qu'ils me louent une chambre d'étudiant. Il était grand temps. Face à la cousine Edmonde, je frisais l'apoplexie au point que j'ai failli quinze fois la gifler. J'arrive au terme de mes études de Droit avec la proche perspective d'un doctorat dont l'obtention ravira mon père pour son contenu intellectuel et ma mère pour la gloire de le claironner au voisinage. Dernièrement, mon directeur d'études monsieur Gaucher a déniché pour moi un sujet de thèse dont il serait fier que je l'exploite : "L'Etat protecteur des droits. Recherche en droit comparé sur les effets des droits fondamentaux entre personnes privées." J'ai fait mine de le remercier tout en tombant de perplexité face à l'inanité du thème. D'instinct, afin de rester cimenté dans le concret, je privilégie droit civil, droit pénal des affaires et droit des sociétés. A l'inverse, le droit public et la Constitution sont à mes yeux source d'une perte de temps caractérisée. Bien sûr, je compte aussi sur l'Université pour me constituer un carnet d'adresses. Même s'il ne vaut pas celui des Grandes Écoles, chaque jour le mien se garnit et s'enjolive. J'ai classé mes relations étudiantes en trois catégories dont seules deux présentent un intérêt. La première rassemble les fils de famille dotés de parents solidement installés dans l'industrie et la banque. Dans la banque - classe 1a - que j'idolâtre, je tente de m'incruster car elle incarne toute la crème sociale. La seconde contient le clan des filles à marier. Je m'y réserverai d'y piocher à un stade ultérieur. Composée du reste, c'est çà dire d'éléments de mon genre, la troisième catégorie est bigarrée et multiforme. Bref elle m'indiffère : c'est la masse.

J'évolue. Ainsi, moi ancien boulimique de la connaissance livresque, les études commencent à me peser. Longtemps j'ai été friand des mécanismes qui calculent et des théories qui démontrent. J'avais l'illusion que leur acquisition rimait avec succès en affaires. J'ai changé d'avis. En puisant des informations dans le groupe 1, j'ai discrètement fait une enquête auprès des fils à papa de mon entourage. J'ai exclu les enfants de cadres supérieurs et les héritiers d'héritiers. Je n'ai retenu que ceux dont le père avait fondé lui-même son entreprise, de préférence à partir de rien. Certains m'ont menti mais une bonne moitié m'ont avoué que leur père n'avait aucun diplôme universitaire, parfois seulement le certificat d'études. Pascal Beaunichard a concédé l'air confus qu'à ses débuts, le sien vendait des culottes de dame sur les marchés. Puis il s'est redressé en proclamant qu'aujourd'hui Cyndor culmine en ténor de la lingerie féminine. Preuve de cette suprématie, de retour chez moi, j'ai croisé une énorme affiche déployant une poitrine rose empaquetée dans un soutien-gorge de cette marque. Depuis, la conscience de l'inutilité des études croît chaque jour en moi. De plus en plus, j'ai l'impression qu'elles me retardent dans un projet, qui chaque jour se précise dans mon cerveau.

Nul doute que l'éloignement de ma famille représente un bénéfice subsidiaire réciproque, à l'exception de mon irremplaçable Nathalie et l'inclusion de l'ineffable oncle Tatave. Malgré tout, mon budget ne permet pas monts et merveilles et ma chambre d'étudiant tient plus du taudis que de la garçonnière. Cette nouvelle pierre dans mon jardin de pauvre est un aiguillon de plus pour parvenir au succès. Etant gosse, je savais déjà que je voulais être riche, ce qui sans autre précision ne mène nulle part. L'âge aidant, il m'est apparu clair qu'il est indispensable de sélectionner un domaine d'action. Et surtout être apte à préciser quand, comment, où et pourquoi. Pour réussir, il faut être obsessionnel. Donc je passe mon temps à observer et j'ai remarqué que tout ce qui est d'origine américaine triomphe chez nous, que ce soit musique, vêtements ou boissons. Hier au restaurant, je réfléchissais intensément à propos de cette question, tentant de rassembler des exemples concrets quand Huguette m'a fait sursauter, de sa voix trainante.

– Jérémie, mon chouchou, tu es dans les nuages ! Jérémie, tu ne penses pas à moi !

De longues mains se sont agitées devant moi, comme pour accompagner *les Petites Marionnettes.* Huguette est ma petite amie officielle. Je l'ai choisie un peu au hasard pour imiter les copains qui autrement m'auraient pris pour un pédéraste, enfin eux disent pédale. Paradoxalement, son nom ne figurait pas sur la liste de catégorie 2, n'étant la cousine que d'un étudiant de catégorie 3. Je la trouve brave fille, pas laide, mais encombrante. Son travers majeur est de me coûter de l'argent et me grappiller du temps, comme en cet instant où je me sens tenu de lui répondre.

– Voyons ma Guéguette, je ne fais que ça. Je réfléchis à notre avenir.

Guéguette, c'est comme Tatave, une affligeante obligation. Dans la famille Maurin, tous l'appellent ainsi depuis sa tendre enfance et elle a insisté pour que je suive la règle puisqu'après tout "Tu ne tarderas pas en faire partie aussi..."

– Oh le chouchou, il est amour. Il rêve à notre avenir !

Pendant trois minutes, j'ai alors fixé mes yeux sur elle, mais ils étaient perdus dans le vide. Reprenant ma cogitation sur mon projet de commerce, mes doits pianotaient nerveusement sur la nappe. Soudain, enhardie par mon impatience supposée, Huguette a osé se plaindre du service.

– Mais enfin c'est vrai, elle arrive ma tête de veau ?

Je lui ai souri en murmurant machinalement "Mais elle est déjà là, *Qui se ressemble s'assemble.*" C'était sans penser à mal, mais détaillant ses yeux ronds, doux et sa placidité, la tête de veau ravigote m'a paru pour elle un plat prédestiné. Simultanément, j'ai poussé un cri intérieur *Euréka !* Sa remarque était lumineuse, la plus judicieuse même depuis le début de nos relations. Voilà une demi-heure que nous attendions notre plat, gaspillant notre temps à nous lancer des fadaises et c'était elle, naïve godiche, qui magistralement pointait du doigt cette défaillance. Aux États-Unis, on raconte qu'il existe des restaurants rapides, des endroits où personne n'attend plus de deux minutes. Un genre d'établissement intelligent où on admet enfin que le temps, c'est de l'argent. Ma voie, ma foi, mon avenir, c'était cette restauration là. En la reconduisant chez elle, je lui ai baisé la bouche presqu'avec flamme et suis parti fourrager dans son corsage. Étonnée mais consentante, elle a apprécié sans le comprendre le "Merci Guéguette" que je lui ai susurré. Dès le lendemain, je savais que je ne me présenterai pas à mon doctorat. Merci, seins géants, rejetons commerciaux de monsieur Beaunichard, vous m'avez ouvert la voie. Merci Huguette, tu m'en as indiqué la direction.

S'il est louable de prendre des décisions, ce processus engendre des migraines. Pourtant, dès la fin de ma troisième migraine, j'étais résolu à frapper un grand coup. Un coup de théâtre. Arrêter mes études, me faire embaucher comme serveur de restaurant, déménager avec Huguette sur Paris. Finalement, c'est vraiment une gentille fille. De plus, elle possède un diplôme de sténodactylo actuellement très recherché. Sa paye ne sera pas superflue pour financer ma nouvelle orientation. Elle a répondu à ma demande par :

– Tout ce que tu veux à condition que je ne perde pas.

Spontanéité très sympathique. Malgré tout, je suppose que cette réaction n'est guidée que par le sous-entendu d'un mariage. Hormis mon intérêt à court terme, la perspective de m'engager avec une personne aussi moyenne ne me sourit qu'à demi. Oui, je vois en Huguette une femme moyenne dans tous les domaines : en taille, en vivacité intellectuelle, en élégance, en relations, en fortune. Mais j'imagine que le preneur de décision ne doit pas s'encombrer l'esprit de considérations lointaines. Avancer, c'est foncer. Dans *Le Parisien*, j'ai noté cinq petites annonces de serveur pour des restaurants parisiens. J'ai sélectionné un établissement de taille moyenne, à proximité de la gare de l'Est. J'ai sciemment refusé un endroit plus chic où j'aurais été mieux rémunéré. J'ai la conviction que les endroits guindés et grandiloquents ne sont pas l'avenir du métier.

Le cerveau pétillant de ces projets prometteurs, le sommeil ne venait pas. A minuit, la concierge furieuse a cogné à ma porte. Mon père me réclamait au téléphone à cette heure indue. Caverneuse, une voix d'automate a déclamé que Nathalie venait de mourir d'une leucémie foudroyante. J'ai traité l'interlocuteur de dingue, de salaud, d'ordure et j'ai raccroché. Il est absolument odieux que n'importe quel sadique ait accès au téléphone, s'autorise à colporter des sornettes et plaisante sur des sujets aussi sacrés que la vie et la mort. J'ai alors présenté mes excuses à madame Birrochon, pleine de bigoudis et dont le mari poussait des ronflements d'ogre. J'ai déploré qu'elle et moi ayons été victimes d'un plaisantin qui s'est fait passer pour mon père et suis remonté dormir. Au coin de ma table de nuit, sur une vieille photo jaunie, Nathalie me sourit. A cause de son visage qui ne s'éteint pas dans l'obscurité, je ne parviens pas à trouver le sommeil. Avant minuit, après avoir gigoté dans mon lit, je suis redescendu à la loge.

– Chère Madame Birrochon, désolé de vous réveiller à nouveau. Je suis pris d'un doute horrible. Tout à l'heure, je crois avoir été trop brutal. Et si l'appel provenait vraiment de mon père ! Imaginez que ce soit lui : même gâteux, c'est encore mon père. Je lui dois le devoir de réconfort, permettez-moi de le rappeler. Voici cent francs pour la communication.

– J'ai pas de monnaie, j'ai sommeil mais j'vous comprends. La famille, on a beau dire, ça vous tient là. En tout cas, vous, vous savez causer, rapport à vos études de bachot, p'têt ben plus… Faites pas tomber la pareille vu qu'y faut un mois pour réparer et encore, les PTT c'est bien fonctionnaires et compagnie.

Dans l'écouteur, inexorable et immuable, la voix a répété l'atroce nouvelle, maintenu l'ignoble invention. J'ai demandé qui appelait. "Ton père" a repris la voix d'un ton si faible, si coincé au fond de la gorge qu'elle a dû s'y reprendre à deux fois pour s'en extraire. Je suis resté muet car, que rétorquer à des affabulations ? A cause de l'insouciance de Nathalie, le médecin aurait détecté la maladie tardivement, si bien que tout soin devenait inopérant. Elle s'est éteinte en moins d'un mois. Papa a déclaré qu'il comptait sur moi pour rester digne. Les obsèques étant fixées demain matin, il me prie de partir immédiatement. Pour ne pas contrarier un fou, d'un bafouillage informe, j'ai vaguement acquiescé. Tout en sachant pertinemment que je me refusais à assister à ces obscènes cérémonies. Hors de question d'entreposer d'obsédantes obsèques en ma mémoire. Nathalie, pardonne-moi, je te garderai intacte. Repose en moi, pure et douce, telle que durant notre épisode dieppois. Nathalie, je refuse de te pleurer, je refuse de te voir portée en terre. Nathalie, pourquoi m'avoir infligé ça ? Nathalie, tu m'as trahi.

Depuis ce jour, mon cœur est plat. Par un veto catégorique, je refuse d'évoquer ma sœur. J'ai trouvé mon salut dans la fuite. Les quelques portraits d'elle, j'ai hésité à les déchirer avant de les cacher sous une pile de draps. Pourquoi souffrir ? Elle n'a pas existé. Ce vide me fournit un motif supplémentaire de déserter la maison de mes parents. Je n'y suis plus que pour le réveillon de Noël. Lorsque ma mère prononce son prénom ou seulement évoque la leucémie, je me précipite aux toilettes. Elle a cherché à m'interroger sur les raisons de mon absence aux obsèques. Je suis sorti en pleine dinde aux marrons. Une mère devrait comprendre qu'on n'aborde pas certains sujets. Sans famille, tout est plus fluide. Je gagne en efficacité. Je travaille, je fonce, je progresse. Nathalie enfuie, il ne reste plus d'obstacle. Je n'ai plus honte de la réussite, de la fortune annoncée.

XI

Grâce au salaire d'Huguette, nous louons une chambre de bonne rue des Vinaigriers. Quand celle-ci est présente, ce local est vraiment exigu. Heureusement, compte tenu de mes heures de service, nous nous y croisons rarement. Comme nous ne sommes même pas fiancés, ses parents ont très mal pris notre cohabitation. Ils sont ardents catholiques et me font grise mine à chaque occasion de rencontre que je réduis au minimum acceptable. Ils ont été jusqu'à sermonner mes propres parents, les faisant s'engager en mon nom sur une union ultérieure, aussi proche que possible et évidemment sanctifiée. A la révélation de notre vie commune hors mariage, ceux-ci ont certainement dû se fracasser le crâne en bondissant au plafond. J'avais estimé en effet inutile de les tenir au courant de mon changement d'orientation. Ils me croyaient encore à Angers en quête de dignité universitaire. J'admets avoir agi avec une brusquerie déroutante et augure qu'ils vont se sentir spoliés de mon titre de Docteur en Droit. Mais que faire pour les soulager ? Faute de mieux, à titre de *pretium doloris*, je leur ai intégralement remboursé mes frais de logement et d'études depuis le début de l'année.

D'ailleurs, comme je me concentre à fond sur le travail, ces menus péripéties ne me préoccupent pas longtemps. Mes soirées sont toutes occupées par les dîners où j'office comme serveur et qui constituent l'essentiel des recettes de mon employeur. Pour ce qui est du déjeuner, les hommes d'affaires se font rares : forcément, ils pestent contre le temps perdu. Ils baillent entre les plats et consultent désespérément leur montre. Quant aux employés, secrétaires, salariés, travailleurs divers, toute une masse de clients potentiels, ils brillent par leur absence. Pour pallier ces déficiences, j'ai suggéré à monsieur Bonnard, mon patron, de simplifier la carte, d'éliminer les plats compliqués, de proposer des menus à prix raisonnable. Son visage s'est empourpré, la couperose de son nez atteignant un stade critique, ses yeux se sont arrondis en boules de billard. Il m'a braillé de bien vouloir m'occuper de mes oignons ajoutant qu'il était dans la profession depuis trente ans. Je n'ai rien rétorqué à cette vérité première : trente années où il a réitéré erreurs et insuffisances. Trente ans, tout un passé d'avant-guerre. Autant dire d'arrière-garde.

En complément de mon travail rémunéré, aussi souvent que possible, je m'astreins à prendre des repas payants dans des restaurants variés. C'est une bonne façon d'analyser scientifiquement l'ensemble du processus. J'ai décomposé toutes les étapes : depuis l'achat de la nourriture jusqu'au paiement de la note par le client, en passant par la cuisson des plats et la prise de commande. Servir s'avère très utile, cela me permet de pénétrer dans les cuisines, de demander son avis à la clientèle mais j'estime réducteur de m'en tenir à un exemple unique. Avant tout, j'ai besoin de ma liberté d'observer afin de traquer ce qui cloche dans leurs méthodes, au point de déboucher sur cette paralysie. De nouveau, c'est mon budget qui limite mes ambitions même si j'utilise en partie mon trésor de guerre afin de financer cet investissement. Malgré tout ce que je dois à sa générosité, je n'invite donc que rarement Huguette à ses expériences. Pourtant, s'il est un lieu où je ne me moque pas d'elle, c'est bien en un tel endroit. Elle constitue en effet une parcelle magique d'échantillon. C'est une cliente-type de première qualité. Pour le reste de nos relations, je fais semblant de regretter mon manque de disponibilité. Sa peau est lisse et j'éprouve du plaisir à la caresser mais nous sommes d'accord pour éviter que nos ébats ne débouchent pas sur une grossesse. Dans ce contexte, je ne suis pas suffisamment à mon ouvrage, comme aurait dit monsieur Delta. Ma jouissance s'en trouve amputée sous une dose permanente de soucis et préoccupations.

Il faut préciser que je suis actuellement en contact avec un vieux restaurateur exerçant rue Saint-Lazare. Je m'accroche à cette affaire comme le naufragé à son tronc d'arbre. Avec le monstrueux trafic de la gare, le nombre de bureaux et de grands magasins aux environs, l'emplacement est idéal. Il est déplorable que Monsieur Hesseune-Zigouth ait laissé dépérir son commerce en perpétuant des méthodes de gestion surannées. Il emploie quatre vieux serveurs indolents et compassés et s'encombre d'un prétendu maitre d'hôtel. En cuisine, c'est un vieillard presqu'impotent qui travaille avec toute la lenteur de ses années. Pour comble de contrariété, l'endroit s'appelle *Chez Simone*. Je me suis laissé dire qu'il souhaite partir en retraite mais contrairement à monsieur Bonnard, il semble indifférent à toute critique. Du reste, en discutant avec cet homme las, j'ai compris qu'il vise uniquement à engranger un petit pécule. Au vu de son caractère peu combattif, j'ai l'impression qu'une affaire juteuse va me tomber dans les bras. Si je compare son restaurant à un verger, je dirais que le terrain est superbement situé et la plupart des arbres sains. S'ils ne produisent plus guère, c'est par manque de soins. Il va falloir élaguer, répandre un bon engrais, protéger du gel et tout repartira.

J'ai proposé au patron de lui racheter son pas-de-porte pour un bon prix. Il s'est gratté le crâne avant de me proposer « Deux millions de francs, ça vous irait-y ? » A ce montant énorme, j'ai levé les yeux au ciel. Aussitôt, il m'a rassuré en indiquant qu'il s'agissait d'anciens francs car il ne s'habituait pas à la nouvelle monnaie. Je lui ai posé des questions sur la fréquentation, le chiffre d'affaires, les taxes et autres détails professionnels. Soit il ignorait, soit il répondait d'une manière vague, le plus souvent par « ça dépend des fois ». J'ai abordé d'autres sujets plus personnels. S'il a paru un peu intéressé par la pêche à la ligne et la culture du rhododendron, pour les enfants qu'il n'avait pu avoir à son grand regret, nous en sommes restés là. En revanche, l'évocation de son épouse l'a émoustillé, puis ému :

– Ma pauvre Simone, mon restaurant porte toujours son prénom. Elle était bien gironde avec son petit foulard et son tablier roses. Fine et coquette comme pas une, la Simone. Et travailleuse avec ça. Le Bon Dieu me l'a enlevée en 1942, à la fleur de l'âge. Le pas-de-porte, ce serait aussi pour lui offrir une belle pierre tombale en marbre.

Au bout d'une heure de conversation, j'ai proposé dix mille francs, nouveaux naturellement, somme qui correspondait à la totalité de mes économies plus une partie de celles d'Huguette.

– Comme vous êtes sympathique et compréhensif, je vous fais un prix : huit-mille… mais en nouvelles balles hein… Rassurez-moi, monsieur Jérôme, que ça fait plus en anciens francs !

J'ai confirmé que cela faisait effectivement plus et nous avons signé l'acte chez Me Héthalong dans son pavillon à Sèvres. Au nom des serveurs, un énergumène filiforme et chauve a appris la nouvelle avec résignation.

– Pour Simone, je parie qu'il vous a fait le coup de l'épouse modèle, emportée par le Bon Dieu au Champ d'Honneur. Ce serait pas plutôt un capitaine boche qui lui aurait tourné la tête… Enfin moi ce que j'en dis… De toute manière, avec monsieur Edouard ou avec vous, le patron reste le patron, pas vrai !

Cette phrase sonnait d'autant plus juste que je n'ai pas hésité longtemps à exercer les prérogatives attachées à ce titre. Sa mine déconfite a rapidement révélé que ce malheureux ne s'y attendait pas. Pourtant, je n'ai guère hésité à le licencier ainsi que le reste du personnel existant. C'était du reste une décision rationnelle, prise sans acrimonie, ni méchanceté. J'aurais nettement préféré conserver tous les employés actuels car leur licenciement me coûtait des indemnités non négligeables. Le problème était leur totale inaptitude à s'adapter à mes nouvelles conceptions de la restauration. Sur le plan de la manière de travailler ou des horaires de service, mon objectif aurait été accessible au prix d'une une lourde rééducation. Mais sur le plan corporel, comment muer des vieux garçons chauves ou bedonnants en jeunes filles souriantes, agréables, et bien faites ? Ce défi qui les dépassait, je n'ai eu aucune peine à le relever. Vanessa la brune et Marlène la blonde, dotés d'enviables mensurations figurent désormais sur mes registres. Elles sont vives, rieuses et décolletées comme le réclamait la petite annonce. Toutefois, elles ont été soulagées de constater que mon affaire était vrai un restaurant car pour Vanessa :

– Tu sais Jérôme, je suis ravie. Parce qu'avec ce genre d'annonce, on risque plutôt de se retrouver avec un boulot d'allumeuse avec des pointes à l'horizontale. J'aurais peut-être accepté à cause du pognon, mais c'est tellement plus sympa comme ça !

J'ai autorisé le personnel à me tutoyer, à m'appeler par mon prénom également. Cette pratique cadre parfaitement au style général, tout comme mon menu simplifié et le nom de l'endroit du reste. C'est très américain en somme. J'ai vite compris l'intérêt de créer un poste spécial pour la caisse. Une femme souriante et pleine d'humour y exerce ses talents, apte à faire accepter les notes les plus salées, qui demeurent l'exception. Cela accélère les repas et évite aux serveuses de se disperser ou d'entamer une causette inutile avec les clients. Au début, le volume d'affaires ne justifiait pas cet emploi mais l'amélioration dans la rotation des tables a vite justifié la dépense. Ma marque déposée - Youpi - est inscrite dans une flèche rouge sur fond jaune. Visible de loin, elle exprime le modernisme, la joie de vivre et symbolise la vitesse. Rapide comme la flèche. Je suis satisfait de cette idée qui m'a jailli d'un crayonnage sur la nappe alors que je m'ennuyais ferme avec Huguette à *La Marmite Paimpolaise*.

Bien qu'Huguette et moi nous retrouvions rarement en tête à tête, chaque entrevue se solde par de grands silences réciproques et des regards anxieux de sa part. Si elle se retient de soupirer, elle est devenue néanmoins une interrogation muette. Un reproche vivant. Avec ses cheveux châtains se terminant en rouleaux légèrement frisottés, il est clair que la coiffure de ma compagne ne cherche nullement à copier la choucroute aguicheuse de Brigitte Bardot. Non seulement, sur le plan de la mode, elle est restée à la traîne de cinq ans, mais encore elle affiche une allure délibérément provinciale. J'avais songé à elle pour le service ou toute autre activité, ce serait plus économique. Mais franchement, je ne peux lui offrir aucun poste chez Youpi. Même à la caisse, elle contraindrait les clients à sortir un mouchoir pour venir la consoler. Lui confier les achats serait tout aussi risqué : elle est excessivement méticuleuse et scrupuleuse. Elle jugerait malhonnête de discuter un prix et irait jusqu'à signaler une erreur en sa faveur. Comme justement j'ouvrais la bouche, prêt à lui signifier qu'aucun un emploi ne lui conviendrait, j'ai senti que le coup lui serait trop rude. Prises de court, mes lèvres ont donc prononcé la demande tant attendue. Elle sera mon épouse. Huguette mérite bien d'atteindre un but qui semble constituer pour elle une apothéose. Au départ, son aide, son appui m'ont été précieux et j'apprécie de lui rétrocéder ce petit présent sans prétention. D'ailleurs pour mes affaires, je pense qu'un statut marital est préférable vis-à-vis des autorités en tout genre, de mon banquier, de la société en général. Son beau sourire triste a illuminé son visage. J'ai alors regretté de ne pas m'être plus soucié d'une femme qui réagit si vivement à si peu. En effet, vu mon faible poids financier, je ne peux être qualifié de beau parti. Je ne représente qu'un honnête boutiquier, à peine installé d'un an, pas même propriétaire des murs de son commerce. Certes la clientèle croit et embellit chaque jour mais je suis à cent lieues de mes ambitions finales. A peine au pied de l'Everest quand j'ai pour objectif de grimper jusqu'à son sommet. Ma gentillesse imprévue a enhardi Huguette et tillesse imprévue a enhardi Huguette et encouragé sa voix douce.

– Mon chéri, maintenant que ton affaire est sur des rails, que tout tourne rond… eh oui, monsieur, rondidi du rondada ton affaire… et que ton nouveau gérant parait compétent, dis-moi donc mon petit mari : c'est vraiment indispensable de te décarcasser comme tu le fais ? De t'user le tempérament à suivre chaque détail, comme au moment du démarrage ? Bien sûr que non. Alors, qui est-ce qui va faire une grosse promesse à sa Guéguette ? L'énorme promesse de rentrer tôt à la maison, de ne plus travailler autant ? C'est Jérôme. Alors on répète ensemble : je jure de m'occuper un peu plus de ma femme et un peu moins du restaurant.

Son intervention incongrue me fait retomber sur terre. S'occuper un peu moins du restaurant ! Voilà comment cette nunuche à temps complet me récompense de mes louables intentions ! Huguette me rétrograde au niveau de sa minuscule vérité, elle me rabaisse à sa vision rabougrie du monde. Pour d'éviter de nouvelles désillusions, j'ai donc résolu une bonne fois pour toutes de me purger de la question matrimoniale. Je serai alors libre de me lancer sur l'essentiel. La bénédiction nuptiale s'est déroulée à Saint-Augustin. J'ai fait croire au curé que mon certificat de baptême avait été brûlé à Laval lors d'un bombardement. En vérité, je suppose que la sincérité d'Huguette et sa profonde piété ont fait davantage que cette fable pour le convaincre d'accepter la célébration. Avec sa gigantesque coupole et son immense vaisseau de pierre, l'église était trop vaste mais son aspect majestueux m'a impressionné, tout comme je le crois, la plupart des deux cent cinquante invités. Quand les grandes orgues ont tonitrué à notre gloire de nouveaux époux, j'ai un instant regretté de n'avoir pas convié Henri de Montesson, dont la distinction aurait éclaté dans ce lieu. Pourtant, c'était préférable ainsi car sa présence m'aurait suscité des évocations par trop nostalgiques. Les membres des familles ne constituent qu'une faible part de l'assemblée. J'ai en effet tenu à ce que toutes mes relations d'affaires soient représentées, depuis les fournisseurs jusqu'aux gros clients en passant par quelques confrères et mon banquier. Bien sûr, le personnel du restaurant est de la partie car je pense que leur présence assure leur cohésion. Comme je craignais que l'addition ne soit trop lourde pour nos parents, j'ai en sous main réglé une grosse partie des frais en empruntant à ma banque.

Je me félicite d'avoir convolé en justes noces car l'ambiance générale de mes contacts m'en semble améliorée. Tout au moins, cette situation semble favorable à créer du liant au milieu d'arides entretiens professionnels. Un "madame votre charmante épouse se porte-t-elle bien depuis la dernière fois ?" est toujours plus agréable en introduction qu'un raclement de gorge. Un autre exemple : nous avons croisé hier rue Tronchet Jean-Edouard Fressinet et sa femme. Il nous a salués en soulevant son feutre tandis qu'elle nous accordait l'amabilité d'un sourire. J'avoue m'être senti très à l'aise au bras d'une épouse officielle. Et puis, en privé, cela évite des allusions gênées ou les airs confus tant la symbolique du mariage me semble encore enracinée dans certaines couches de la société.

Le mythe de l'heureux évènement également. Je le cite ici car selon la formule consacrée, j'ai eu le récent le privilège de devenir papa d'une petite fille, Justine. Celle-ci est née huit mois pile après les noces, au ravissement pincée de ma belle-mère qui a pris en main pour un semestre plein les rênes de la maison. Notre bébé présumé prématuré est calme et insignifiant, il s'agite à peine et oublie de vagir comme on me l'avait annoncé. J'ai tout de même une certaine réticence à tenir ce petit tas rose et fragile dans mes bras. J'ai peur de lui briser quelque chose par maladresse. Et puis, c'est intimidant ces grands yeux qui vous fixent sans concession. Aussi, je préfère aller l'observer à l'improviste dans son sommeil.

Pour en revenir aux choses sérieuses, je suis satisfait d'avoir été parrainé par Hubert Grosjean-Butord dans mon accession au Rotary. Lors de mon intronisation, il a tenu à souligner que ce célèbre club avait été fondé en vue de "l'entente entre les peuples pour un avenir meilleur". Il a ajouté que cet aspect philanthropique n'était nullement incompatible avec des prises de contact professionnelles avec les individus talentueux qui le composent. C'est bien ainsi que je l'entendais. Toutefois, comme je me sens peu à l'aise dans le domaine éthique et bienfaisance, j'ai délégué cette éminente fonction à Huguette, postulante idéale. Je me suis concentré sur le volet contact et j'avoue avoir découvert dans cette association une vraie pépite à relations d'affaires. Je pousse mon épouse à voir plus grand dans le volume de ses invitations qui sont une source permanente de rencontres fructueuses. Elle parait regimber à cette pratique, ne se pliant pas volontiers à ce rite social essentiel. C'est fâcheux.

Malgré le peu d'enthousiasme d'Huguette pour me seconder dans les rencontres professionnelles, mes affaires ont prospéré et mon vingt-cinquième établissement vient d'ouvrir ses tables. Sans vouloir me vanter, je crois pouvoir me flatter d'avoir atteint un coquet niveau de prospérité. Quoi de plus sympathique et légitime que de le faire savoir haut et fort à mes anciens camarades ! L'idée me séduit tant que j'ai fait des pieds et des mains pour retrouver les coordonnées d'un maximum de copains de lycée et de faculté. J'ai loué un salon donnant sur le Rond point des Champs-Élysées à leur attention exclusive. Suivant mes instructions expresses, mon traiteur n'a été avare ni en champagne ni en caviar. Il me tenait à cœur de démontrer à tous ceux qui m'avaient connu si impécunieux étant jeune, que ma réussite méritait considération et déférence. Je tenais à leur enfoncer la flèche de Youpi dans le crâne afin que, où qu'ils se trouvent, ils se souviennent de moi comme d'une personnalité respectable. Je ne sais ce qui me retient de leur clamer le montant de ma fortune. En comparaison, mon endettement de sept millions est une peccadille, surtout si l'on tient compte de mon potentiel d'autofinancement. Et de ma superbe cotation auprès des banques. Curieusement, Renaud de Saint-Opportune m'a paru plus attentionné à propos de ma famille qu'ébloui par mon succès. Il m'a questionné sur ma fille Justine et mon épouse, dont il a regretté le départ prématuré. Les réactions étranges de ce garçon continueront d'être une énigme pour moi. Mes retrouvailles avec Jean Janillon ont été plus rigolotes. Il s'est avancé vers moi d'un air veule et niais, osant à peine me tutoyer. J'ai fait semblant de m'attarder près de lui puis, consultant soudain l'heure, je me suis inquiété "Mon Dieu, déjà minuit. Excuse-moi Jeannot, je n'ai pas encore salué mes invités de marque !" J'ai réussi à lui exhiber ma Rolex Submariner et le moucher dans un même geste. Dans son regard, perçait une jalousie respectueuse. S'il avait su que le boitier était en platine et non en acier inoxydable, le pauvre en serait tombé raide. Il est clair qu'avec son complet un peu défraîchi et son air las, il est moins crâneur que le jour de sa dissertation sur le mépris de la richesse.

Un an plus tard, j'ai fêté l'inauguration de mon cinquantième restaurant, à Pau. J'avais obtenu l'autorisation de tirer un feu d'artifice en cet honneur et lorsque les flèches de Youpi ont formé dans le ciel un immense bouquet jaune et rouge, la foule n'a pu s'empêcher d'applaudir. Des moments de ce genre sont porteurs d'une fierté joyeuse, d'une plénitude inégalable. Qui, dans les années cinquante aurait parié sur une réussite aussi large ? Pourtant, encombré d'un père aussi théoricien que moralisateur et d'une mère aussi routinière que craintive, je ne disposais pas d'une rampe de lancement les plus propices. Certaines mauvaises langues auraient tendance à lier cette ouverture à mon adhésion au Rotary, ce qui est inepte. J'ai réussi grâce à mon seul acharnement, mon esprit d'entreprise et ma farouche volonté de devenir riche. Par rapport à mes débuts chevrotants, j'ai radicalement simplifié ma grille de fonctionnement. J'ai tranché dans le vif, m'apercevant que j'avais manqué d'audace en ne débouchant qu'à mi-chemin du concept. Désormais, plus personne ne sert à table. C'est le client lui-même qui commande ses plats en faisant la queue face un vaste comptoir, agréablement décoré. S'il fait la queue, il n'attend pas vraiment car les cuisiniers-serveurs sont nombreux et expérimentés. J'ai limité le nombre de plats de façon draconienne. Le client peut bénéficier de beaucoup d'options mais dans le même registre. Comme plat principal, mon mot d'ordre est le hamburger et le hot-dog. J'ajoute une petite garniture d'oignons cuits ou une portion de frites, le tout aromatisé au ketchup ou à la moutarde. C'est économique, facile à cuisiner et très digeste. L'ambiance est détendue : enfin on peut venir au restaurant non cravaté pour les hommes, non chapeauté pour les dames. Quant à la musique, je la mets à leur disposition sous forme de juke-boxes. Mes établissements sont ouverts de onze heures du matin et ne ferment qu'à minuit. Dans les principes, j'admets avoir été inspiré de nos voisins d'outre-Atlantique mais comme je n'y ai jamais mis les pieds, on ne saurait me taxer de copiage semblable par exemple à celui de Renaud avec mon mythe d'Osiris.

Au cocktail final, la femme du gérant n'a cessé de se tortiller dans sa robe de lamé argenté jusqu'à ce que je lui adresse la parole en particulier. Cette grande carcasse brune possède une classe certaine que ses yeux globuleux ternissent un peu. Certains prétendent que du sang d'Henri IV coule dans ses veines. Elle y a d'ailleurs fait allusion avant de me proposer de me convoyer jusqu'à mon hôtel. Ainsi, elle ménagera son mari, si préoccupé par les soucis liés à l'ouverture de son établissement, enfin du vôtre a-t-elle souligné non sans justesse d'un gloussement distingué. Il est contraire à mes principes de me laisser entraîner dans des aventures sexuelles avec une personne liée de si près à mes affaires. A ma décharge, j'avoue avoir, sous l'emprise de l'euphorie du succès, fort abusé de boissons alcoolisées. Et puis, le nombre cinquante ne renferme-t-il pas en lui quelque magie qui a altéré mon bon sens ? Quant au sang aristocratique, je confesse que cet élément m'a également excité. Éphémère plaisir car les souvenirs de cette nuit m'ont fui. Au réveil, ne me subsistaient plus au nez que la senteur entêtante de son parfum de luxe et au regard la vision d'un corps un peu lourd qui se rhabillait.

Du reste, il était temps que je reprenne mes esprits. Assez irrité par mon manque de contrôle sur moi-même, j'ai rejoint dans l'après-midi mon bureau situé boulevard de l'Avenir. Boursolin m'y assaille avec des monceaux de chiffres lui ruisselant des mains. Il a un air soucieux qui fait peine à voir. Il tique devant un compte d'exploitation où, à ses yeux, les Achats ont franchi un seuil inquiétant. Désormais, ce poste occupe un poids démesuré. Pour moi qui dirige et tranche, cette observation rigoureusement exacte n'est pas affolante. Elle mérite simplement analyse, elle-même débouchant sur une solution adaptée. Dans ces cas là, je déteste réunions et colloques. J'agis vite et seul. Comment payer moins cher mes approvisionnements ? Archi-simple : en les faisant acheter rationnellement, en gros volumes, par des spécialistes. Pour cela, il me suffira de créer une nouvelle filiale, une Centrale d'Achats Youpi. J'aurais déjà dû y penser ! Occupés comme ils le sont par leur gestion quotidienne, mes responsables d'établissement manquent de temps de pour négocier avantageusement avec leurs fournisseurs. En outre, je n'ignore pas combien de requins nagent dans les mers troubles de la distribution. Contre eux, ne peuvent s'opposer que des harponneurs aguerris. En tout cas, voilà un intéressant défi à relever.

Tout en ruminant ce projet, sans réfléchir, je me suis acheminé vers la maison dès six heures du soir. Pour moi, rentrer avant la nuit est un fait rare. Mais cette initiative fortuite tombe à pic car Huguette est enceinte d'un second bébé. Du reste, je me souviens à l'instant lui avoir promis de me libérer tôt. Étendue sur le divan du salon, elle me sourit (en période de grossesse je devrais la surnommer mère Sourire) toujours attifée avec cinq modes de retard. A la radio, Gilbert Bécaud égrène les paroles d'une chanson mélancolique. *J'ai pris son bras, elle a souri/ Il avait des cheveux blonds, mon guide/Nathalie, Nathalie... Et quand la chambre fut vide/ Tous les amis étaient partis /Je suis resté seul avec mon guide/ Nathalie.* Nathalie ! Je suis outré, voire blessé, par l'indécence d'un chanteur qui s'autorise à affabuler sur ses relations avec une personne qu'il ne connaît pas. Sans tarder, je me rue pour changer de poste et ainsi couper court à ces ineptes racontars.

– Eh bien voyons, mon Jérôme. Pourquoi me priver de cette jolie chanson ? On dirait que tu es irrité.

– Je ne suis pas irrité Huguette, j'interdis juste à ce Gilbert Bécaud d'inventer n'importe quoi et le prie de se mêler de ses oignons.

J'étais en voyage à Bruxelles quand la naissance s'est déclenchée. On me l'a annoncée en plein milieu d'une réception organisée par le bourgmestre. Comme il m'était impossible de quitter cet endroit sur le champ, j'ai félicité Huguette au téléphone en ajoutant que j'étais très ému pour la mère et l'enfant. Afin de la dédommager de ses peines et compenser mon absence, je lui ai laissé carte blanche pour le choix du prénom car en ce qui me concerne, il n'y en a qu'un seul qui me tienne à cœur et il est indisponible. Je n'ai pu faire connaissance de ma seconde fille qu'au bout d'une semaine puisque ma Centrale d'Achats qui, par coïncidence est elle aussi en gestation, requiert des soins aussi attentifs qu'un petit d'homme. Ma nouvelle fille Agathe me parait sacrément plus remuante que son ainée. Elle assène des coups de pied à son berceau et braille avec une vigueur insoupçonnée. Durant cette période très sonore, il m'a paru sage d'aller dormir à l'hôtel, non sans avoir requis les services d'une nourrice à domicile pour soulager mon épouse qui mérite largement de telles attentions. Non que je sois insensible aux nouveau-nés, mais j'estime que bien dormir est indispensable pour travailler correctement. Du reste, après deux risettes et un rototo, avec un bébé on a vite fait le tour de la question. Et une fois encore, j'ai moi-même trop souffert de pénurie matérielle, trop enduré la honte de la médiocrité pour imposer une telle situation à ma famille. Mettre en péril mes affaires par quelque relâchement serait coupable et immoral.

Deux ans après sa création, je salue mon flair à propos de ma Centrale d'Achats. Le projet a été bouclé en trois mois et a rapidement démontré son efficacité. J'ai presque scrupule à divulguer la montagne d'économies engendrées par ce mécanisme. Mes concurrents en crèveraient d'envie. Mes confrères plutôt, car curieusement, jusqu'ici, j'ai été fort peu suivi dans le créneau de la restauration rapide. C'est étonnant combien mes compatriotes sont dépourvus de vision d'avenir. A la tête de toutes mes sociétés, l'ouvrage ne manque pas. Lorsque je gare ma voiture en face de mon domicile, c'est rarement avant dix heures du soir. Aussi longtemps que rythme rimera avec réussite, je ne m'en plaindrai pas. Réussite : Dieu que ce mot est jubilatoire! Mes affaires me retiennent prisonnier plus sûrement qu'une maitresse, une amante exigeante et carnassière. Quel choc donc de pénétrer dans cette maison qui sent à plein nez les produits de nettoyage et la quiétude endormie. J'embrasse Huguette sur le bout du nez. Parfois, je me hasarde à franchir le seuil de la chambre des fillettes. Si j'en ai eu le temps, je leur offre une poupée ou une dinette. Un plus petit cadeau à Justine, elle me l'a ordonné. Pourtant, en général je renonce à aller les déranger. Je suis déjà peu présent, il serait malvenu qu'en supplément je les trouble dans leur sommeil. J'aime autant chacune de mes deux filles, si opposées de caractère. Justine la placide et Agathe la guerrière.

XII

Hier soir, j'ai invité Jean-Paul Suraud au café des Trois Maillets. Ce garçon est devenu mon meilleur ami. Bien que je sois parfois heurté par sa vulgarité, j'apprécie son opinion franche et directe. Cela me change des flatteurs en tout genre, avides seulement de me soutirer des sous ou solliciter mon appui. N'oublions pas en outre qu'il a ses galons d'entrepreneur : il a ouvert une quarantaine de salons de coiffure en France sous la marque *Mèches de Rêve*. Mon verre de gin tonic en main, je suis d'abord demeuré coi. Puis j'ai évoqué les averses de la semaine dernière et déploré l'horrible assassinat de la petite Marie Marchand, intercalant beaucoup de blancs involontaires. « Cinq ans, c'est si jeune pour mourir… » Il m'a adressé un air interloqué car d'ordinaire, je suis direct, incisif et n'épilogue jamais sur la veuve et l'orphelin. J'ai compris que je devais en venir au fait. Alors, j'ai émis l'opinion que la vie conjugale réservait d'étranges surprises, que si la tradition avait du bon, l'évolution des mœurs était néanmoins en marche. Au bout de ce long préambule, je l'ai enfin prié d'accepter le rôle de témoin pour une célébration me concernant de près. En effet, ai-je précisé, en raison des circonstances de la vie, mon mariage actuel n'a pu être célébré à l'église. C'était faux, mais comment l'aurait-t-il su ? J'ai ajouté :

– Oui, il a même été légèrement bâclé car Justine est née huit mois plus tard et donc…

– Ne va pas plus loin, j'ai tout pigé. Tu désires donc réparer un fâcheux contretemps avec ton Huguette en lui confirmant ton engagement devant monsieur le curé. Á ça mon vieux, je me lève, j'applaudis, je dis bravo et tire mon chapeau. Belle leçon de père et d'époux. En tant que futur témoin, je crie cent fois oui...

– Pas du tout, Jean-Paul, tu fais fausse route parce qu'avec Huguette, euh… comment dire simplement des choses complexes… De toute façon, ce n'est pas seulement pour ça que je fais appel à toi. Je souhaiterais aussi te demander d'accepter de prêter ton expérience de professionnel, en coiffant ma future femme à cette occasion. Tu t'occuperais également de sa toilette, enfin de son esthétique en général. Bien… pour revenir à Huguette, je suis horriblement gêné, avec elle c'est une situation très délicate…

– Alors là, je te mets à l'aise, avec Huguette, ce n'est pas délicat du tout. Comme professionnel justement, permets-moi de te contredire. Le problème est uniquement qu'elle masque sa beauté. Mais si tu analyses son visage, tu découvriras qu'il est parfait, des traits fins et des yeux magnifiques. Sans blague, elle porte en elle une splendide sérénité cette nana… euh pardon, ta femme. Quand elle sort en ville avec son châle sur les cheveux, on dirait la Madone Sixtine de Raphaël, mais si tu sais, celle du Musée de Dresde, la dame qui flotte sur des nuages, avec un regard confiant et lointain. Là où tu marques un point, c'est sur son style hyper-vieillot. Comme la Vierge, je reconnais qu'elle fait bigrement vieux jeu… une splendide momie ressortie de son sarcophage, bourrée de bandelettes d'origine et autres accessoires ancestraux.

– Tu as parfaitement raison, elle a tout de la Vierge, mais mon souci est ailleurs. Il tourne en fait autour de Claudine Pontmartin…

– Claudine Pontmartin ! Soyons méthodique, nous aborderons ce cas délicat ensuite. Pour le moment, concentrons-nous sur la mariée, sur Huguette. Sans vouloir te vexer, actuellement la malheureuse est coiffée et affublée comme l'as de pique et de carreau réunis. Mais une fois encore, peu importe. Je l'affirme, la structure est superbe, le reste n'est que détail, à condition de savoir s'y prendre. Un visage, un corps, ça se travaille, ça se modèle. Si tu me la confies, j'en fais une pin-up genre Sophia Loren. Deux temps trois mouvements et que je te la restructure, te la toilette, te la bichonne à neuf. Ne rigole pas ! Parole de pro !

– Et pour Claudine…

– Ah, cette Claudine, tu tiens à elle ! Je parie que tu vas me la refiler comme second témoin. Là, je dois dire que tu ne me gâtes pas. Parce que la Claudine Pontmartin, c'est un autre engin. Vu cette perspective, je ne dirais pas qu'elle est laide, non, simplement elle est spéciale. Et puis, c'est un défi intéressant. Note qu'on pourrait y apporter des retouches grâce à la chirurgie esthétique, mais là on va manquer de temps. Réfléchissons... D'abord, masquer le grand pif qui prolonge son museau interminable. Ensuite estomper ses yeux de brebis. Pas laides ces mirettes, mais animales, très ovines. Bof… après tout, en trichant sur chaque détail, en camouflant ses traits derrière une énorme coiffure frisottée, bien débordant sur les côtés, ça passera. Enfin, ça passera pour le visage. Quant à améliorer sa silhouette, là, je donne ma langue au chat ! Cinq kilos en plus ou en moins, ça ne changerait rien. Non, parfois quand la nature se goure, elle peut être féroce. En fait, c'est toute la charpente qui pèche. Qu'est-ce que tu veux ? Chez elle, il y a tout qui cloche : des jambes maigrelettes, une poitrine avantageuse et des fesses plates. Des pattes de cigogne agrafées sur un buste de guenon.

– Merci infiniment de ta franchise. Maintenant figure-toi que l'immonde brebis à pattes de cigogne, j'ai décidé de l'épouser. Elle va s'appeler Claudine Laréquit.

– Non tu rigoles… tu plaisantes… tu cherches à me provoquer… Mais le salaud, c'est qu'il a l'air sérieux. J'en reste comme deux ronds de flan. N'empêche que tu aurais pu commencer par ce renseignement. Ça m'aurait évité de jouer les imbéciles.

Certes, Jean-Paul a motif à se plaindre du procédé, lui que volontairement j'ai laissé s'enferrer dans un grotesque quiproquo. En définitive, je ne l'ai pas regretté. Ainsi, par sa méprise, j'ai pu percer à jour le véritable fond de sa pensée de Français moyen. Il m'a exposé toutes les raisons qui en auraient découragé plus d'un à poursuivre sur cette voie. Pourtant, ces raisons ordinaires de ne pas épouser Claudine, à peine m'effleurent-elles : une simple griffure sur une cuirasse. Grâce à sa gaffe, j'ai été ravi de conforter la justesse de mon choix. Je constate avec délectation que mes motifs intimes sont bien assez vigoureux pour résister à ces arguments de façade. Je sais que ma force intérieure trouvera parade à tout dénigrement.

– Remets-toi, c'est moi le marié. Et tu n'as pas l'air de réaliser l'aventure fantastique qui m'arrive ! Dans un mois j'épouse Claudine, dans un mois, nous partageons notre couche nuptiale comme on dit dans les textes. Non mais tu te rends compte, entrer dans son lit, forniquer légalement avec une Pontmartin. Rien que de l'annoncer en ville, ça va m'exciter comme un taureau. Tenir cette femme dans ses bras, j'en jouis d'avance.

– Allons bon, Claudine Pontmartin promue bombe sexuelle et enchanteresse de tes nuits ! Je n'en reviens pas mais je respecte. L'amour a ses secrets… Du reste, calculateur et avisé comme je te connais, tu dois savoir où tu fourres tes pieds…enfin tes pieds, c'est une image, pas vrai !

– Navré de te détromper. Je n'ai même pas tenté de frapper en avance à sa petite porte interdite. Dans cette famille, on a pour réputation d'être complètement cadenassé avant le mariage. Et puis, j'étais trop pris par mes affaires pour perdre du temps en galipettes. Donc pour parler comme toi, cette fille, j'ignore si c'est un bon coup au lit.

– Non, pas possible. Ne me dis pas que tu ne l'as pas encore… euh…testée ! Mais alors c'est de la folie. Moche… non, je veux dire, insolite comme elle est physiquement, admets - manque de pot - qu'elle soit sous-douée en batifolage ! En tout cas, je saisis mal ton exaltation.

– Maladroite ou talentueuse en caresses, j'avoue ne pas y avoir pensé. Tu sais pourquoi je suis émoustillé à ce point ? C'est pour son nom, pour sa position sociale, pour le poids de son père à la Bourse. Je jouirai tout simplement parce que je coucherai avec des milliards. Je serai excité parce que je me vautrerai sur le ventre de la dixième fortune de France.

J'ai quitté un Jean-Paul abasourdi. Est-ce parce que je n'ai pas su lui expliquer ma chance inouïe ou parce qu'il est trop différent de moi ? Pourtant, bon sang, je ne délire pas. Ce mariage est mythique et prestigieux. Il équivaut à pouvoir pénétrer chaque jour dans les coffres de la réserve Fédérale de Fort Knox. Ou être autorisé à porter la couronne royale britannique. Du coup, je me demande s'il tiendra son rôle bicéphale de témoin et de coiffeur. Peu importe, de mon côté je ne lui en veux pas de sa fausse lucidité et c'est à peine si j'ai retenu sa liste des tares de ma future épouse. Quant aux éloges relatifs à ma femme actuelle, ils me rendent perplexe. Jamais ne m'était venue l'idée qu'un de mes semblables attribue des charmes cachés à cette bécasse. Mais je ne suis pas obtus et reste beau joueur, je tente de vérifier ses dires en évoquant Huguette en pensée. Aucune image ne surgit : curieux constat de vide, au bout de dix ans de vie conjugale. A la vérité, au niveau mode de vie, principes, idéaux, nous n'avons rien partagé durant cette vie commune. Moi, je turbinais à trois cents à l'heure, j'étais par monts et par vaux mais elle ? Que pouvait-elle donc elle donc foutiner durant tout ce temps libre ? J'ai eu beau lui suggérer de s'intéresser aux œuvres caritatives du Rotary, d'organiser des soirées pour nos relations. Au fond, dans ses pensées, tout tourne autour de son petit monde. Elle n'aspire qu'à réunir la famille proche, mes parents ou avant leur décès, les siens. Son univers : une ambiance calme et monotone, un travail régulier et prévisible, un intérieur modeste et javellisé. En désespoir de cause, j'ai extrait du fond de mon portefeuille une vieillie photo jaunie et écornée. J'y discerne un large visage placide et naïf. En poétisant à l'extrême, on pourrait le qualifier de serein. Rien de vif, de décidé, d'espiègle. Rien qui l'apparente à Agathe. La douceur de Justine, je l'admets. Chez une enfant, c'est reposant ; chez une épouse c'est consternant.

Aucune ambition et un esprit résolument petit-bourgeois. Quand je pense qu'après notre déménagement, elle a tenté d'instaurer de nouvelles règles. Ainsi, elle tenait à ce que nous nous déchaussions chaque fois avant de pénétrer dans notre maison ! A ma mine consternée, ayant tout de suite compris l'incongruité de sa requête, elle l'a limitée par un pitoyable "Je voulais dire avant d'entrer au salon, seulement au sal… ". Comme j'ai changé de pièce, elle s'est tue décontenancée et n'a plus jamais évoqué le sujet. Je peux dire beaucoup de choses contre mon père, lui non plus n'aurait toléré pareille mesquinerie domestique. Je pourrais citer mille autres exemples de sa petitesse de vues. C'est pourquoi, je ne vois guère de raisons justifiant encore ma présence près d'Huguette. Rester auprès d'un fantôme ne me tente pas. Pour ce qui est des enfants, je suis naturellement décidé à les confier à ses soins dévoués. Je ne vais pas lui ôter sa raison de vivre. Je me sens déjà assez gêné du coup du divorce que je lui prépare en toute discrétion. Pas coupable, gêné. Elle me fixe d'un tel regard suppliant que je ne sais plus où me mettre. Non, Agathe et Justine forment une équipe si unie qu'il serait condamnable de la scinder. Je reconnais que mes deux filles me manqueront car si peu que je sois amené à m'occuper d'elles, c'est toujours avec intérêt et affection. Ma tournée d'inspection en 1971 dans l'ouest avec Agathe, au bord de ma DS, est un excellent souvenir. Je regrette que sa grande sœur n'ait pu se joindre à nous. Mon projet est d'habiter dans une vaste propriété aux environs de Paris. Ainsi, serai-je en mesure de leur offrir à l'occasion de leurs fréquents séjours un cadre luxueux et confortable. Je n'ai pas abordé ce thème avec Claudine mais je ne prévois aucune objection de sa part. Nous discutons toujours de façon rationnelle, carrée, adulte pour tout dire. Avec elle, aucune scène de larmes n'est à craindre du genre de celle que je vais endurer auprès d'Huguette. Au fait ! Pour mon remariage, si je proposais à mes filles de servir de demoiselle d'honneur? Voilà encore une bonne idée à creuser avec Claudine.

D'une certaine manière, ce remariage est un peu sot. Jusqu'à il y a peu, il était superflu en ce sens que je pouvais parfaitement continuer à fréquenter Claudine, jouir d'une vie pleinement libre sans divorcer officiellement d'Huguette. Au début, nos relations étaient platoniques, juste quelques frôlements de jambes sous les tables et des baisers d'au revoir vaporeux. Depuis la stupéfaction de Jean-Paul devant ce phénomène de retenue, j'ai cru convenable de pousser plus loin. Malgré un résultant décevant dû à la pudeur de Claudine et qui se débloquera sans nul doute après mariage, je ne me plains pas. Je gère cette double vie depuis assez longtemps pour juger que ce statu quo est viable, voire enviable. Le malheur a voulu que ma femme nous ait découverts d'une façon théâtrale qui a sans nul doute marqué son imagination et amplifié son rejet au-delà du raisonnable. Je participais à un colloque sur l'avenir de la restauration en Europe dans les salons de l'hôtel Majestic. Comme il me manquait un dossier de présentation, j'ai demandé à Huguette de me le faire parvenir d'urgence à la réception. Au lieu d'envoyer un coursier, par zèle excessif, elle a insisté pour se déplacer elle-même et l'apporter jusqu'à ma suite. Le mécanisme de la serrure était-il défaillant ? Toujours est-il qu'elle a surgi en trombe, toute essoufflée. Elle a illuminé le lit à baldaquin d'une lumière crue et je peux imaginer le tableau qui s'est offert à elle.

Je ne suis ni énorme ni difforme. Pourtant, moi qui suis pudique et facilement choqué par le spectacle de la nudité, je me suis mis à sa place. J'ai conçu sans peine que la vision de fesses s'agitant au premier plan afin de susciter un début de stimulation chez Claudine l'ait scandalisée. J'ai eu beau dissimuler le visage de ma partenaire sous un oreiller, le mal était fait. Cette anicroche est d'autant plus navrante que Claudine ne s'est pas montrée moins furieuse. Prétendant que j'avais voulu l'étouffer, elle m'a flanqué une paire de claques qui a mis fin à nos ébats. Intenter un procès à l'hôtel pour serrure défectueuse n'aurait rien résolu. J'ai offert à Huguette des ponts d'or pour qu'elle accepte une solution à l'amiable sans qu'elle modifie d'un iota sa position. Huguette manque certes d'ambition, de charisme mais c'est une têtue, une butée, une rigide. Elle ne m'a rien reproché. Elle ne formulait pour seule et unique exigence que tout redevienne "comme avant", à savoir hors Claudine. Son obstination symbolise à l'excès nos points de vue : nous habitons sur deux planètes différentes. Je trouve attristant d'observer son visage éploré car je continue d'éprouver une certaine affection pour elle. J'admets qu'elle m'a parfaitement épaulé à mes débuts. Pourtant, ce "comme avant" qui semble incarner en elle tout l'idéal conjugal m'a tétanisé. Malgré sa banalité, ce terme recouvrait un diktat abominable. Il représente une régression pure et simple. J'ai conquis Claudine Pontmartin de haute lutte. J'aurais tout sacrifié pour atteindre cette crème absolue de l'élite sociale. L'abandonner serait une désertion de mes valeurs. Je tiens à figurer avec elle dans le club des milliardaires. Huguette, tu ne saisis donc pas l'intensité de la frustration que j'ai endurée pendant ma jeunesse ! Huguette, tant pis pour ma brutalité, je te quitte sans remords.

Sous le coup de l'émotion, Claudine a accepté un mariage précipité. Mais si elle a consenti aux améliorations esthétiques suggérées par Jean-Paul, elle s'est sèchement opposée à mon idée de demoiselles d'honneur dévolue à mes deux filles.

XIII

Ma nouvelle demeure est splendide. Elle incarne une pierre précieuse sur le chemin de mon ambition. Cette propriété qui s'appelle Castel-Chevreuse est constituée d'une dizaine d'hectares de bois. La résidence principale comporte quinze pièces. Avec ses deux tourelles d'angle, sa façade de pierre décorée de frontons et statues, je trouve l'édifice majestueux. Il est cerné d'un magnifique jardin d'agrément que mes jardiniers chouchoutent toute l'année. Mon idée était de rebaptiser le domaine Château-Youpi. Cette désignation sonnait bien, était moderne et devenait une sorte de publicité permanente en faveur de mes restaurants. Claudine y a mis son holà qualifiant mon souhait de grotesque et de m'as-tu-vu. Dans son esprit, on se doit de cloisonner sphère publique et vie privée. Elle ajoute que se flatter de posséder une résidence qui n'est que "gentillette" est plutôt saugrenue. Il est vrai qu'une Pontmartin n'a de leçons à recevoir de personne. Qu'elle m'en prodigue à l'occasion ne me choque pas. Cela m'aiguillonne au contraire dans ma poursuite de l'excellence et la conquête de places au palmarès des gens fortunés. Ma nomination prochaine à la vice-présidence du CNPF va dans le bon sens. J'ai réussi cet exploit sans avoir recours à ses appuis qui sont nombreux et de poids. Claudine y a été sensible et m'a accompagnée au gala d'intronisation, revêtue d'une robe bleu diamantine de chez Saint-Laurent. C'est dans ces occasions que je l'apprécie le plus et que je m'aperçois que notre nouvelle union comporte un sens profond. Mon idée fugitive de la cantonner au rôle de maitresse en cogestion avec Huguette était aberrante. Je jouis largement plus d'elle par sa présence dans les réceptions officielles qu'en tête-à-tête. Après les déboires de nos amours anticipées, le premier jour officiel du rapprochement de nos deux corps fut bien sûr empreint d'une intense émotion. Cette émotion fut d'ailleurs plus cérébrale que physique. Il m'a semblé que tout son corps se dérobait, se rigidifiait, se fermait à mes étreintes. Tout ceci en dépit de longues caresses préalables qu'elle avait exigées. Et puis Claudine avait insisté pour éteindre la lumière alors que, de mon côté, la contemplation d'un visage d'une femme au bord de l'extase sexuelle me surexcite. D'intense, l'ambiance érotique a viré au morose car c'est alors que la remarque de Jean-Paul "des pattes de cigogne agrafées sur un buste de chimpanzé" a resurgi de mon oubli. Me courant dans le crâne, elle a lourdement perturbé ma concentration et conduit à ce qu'il faut bien nommer un fiasco.

Depuis lors, nous faisons chambre à part. C'est plus pratique. Du reste, je n'ai pas le choix car Claudine y tient et me ferme sa porte au nez. Le surlendemain des noces, à la suite d'un nouvel essai quasi avorté, elle a pris son air excédé, m'affirmant que je ne savais pas m'y prendre. A mon avis, c'est le seul domaine où elle a tort d'émettre une opinion si tranchée. En effet, après avoir pris acte de son refus, je me suis mis à la disposition des rencontres de hasard. Ceci m'a permis de constater que j'ai un succès fou auprès de femmes de tous âges qui s'offrent à moi spontanément. Mon constat porte sur un bon échantillonnage puisque je voyage très fréquemment. Sans faire le fanfaron, j'affirme qu'il me suffit de me montrer, de bavarder à bâtons rompus et de décliner mon titre pour que la sauce prenne. Il est vraisemblable que je possède des dons naturels si j'en juge aux adieux, parfois tendres, souvent souriants, toujours courtois. Sur le plan de la variété, il est certain que ces aménagements, quoique absorbés trop abruptement, constituent d'indéniables avantages. Je ne cherche ni ne tiens à savoir comment Claudine s'arrange de son côté. A l'appui de ma thèse moult adages populaires ne tarissent pas d'éloges envers les mariages d'intérêt, affirmant que de toutes les unions, ce sont les plus solides.

Voici venir les vacances scolaires. Je vais donc profiter à nouveau du séjour de mes deux fillettes qui, loin de moi, doivent trouver le temps long. Dans cette agréable perspective, je suis parti tout guilleret m'exercer au golf du Bolet Satan. Mon adversaire se trouve être le comte de La Michaudière, joueur guère redoutable mais qu'il est séant de laisser gagner. En effet, bien que ce gentilhomme manque de fortune, il est la clé de voûte à l'accession à des milieux huppés. Si je décroche une invitation à son bal annuel, je pourrais compter sur son carnet d'adresses et Claudine sera épatée. Amusant et nostalgique ! Cette partie de golf a des effluves de Talbot-Lago à pédales, lorsque je m'efforçais de ménager la susceptibilité de François Maccaigne. Au trou numéro onze, comme le comte avait tiré très loin du green, j'ai rétabli la situation en intervertissant avec adresse les balles. Au total du parcours, M. de La Michaudière a pu me devancer de quatre points. Au clubhouse, j'ai cru décent de commander un thé au citron tandis que lui a préféré sortir sa fiasque de cognac en argent. Tout en me la tendant sans façons, il m'a déclaré :

– Mon jeune ami, vous êtes très compréhensif envers les vétérans. C'est une attitude rare et recommandable. Vous m'êtes fort sympathique.

A propos… mon épouse et moi-même recevons en petit comité à l'occasion du bal des Blancs Lilas. Auriez-vous l'extrême amabilité de vous joindre à nous ? Non, non. Ne notez pas, je vous transmettrai un bristol en temps utile.

Je n'ai pu faire autrement que de raccompagner cet homme affable à son château car son habitude de se faire véhiculer par ses partenaires est notoire. En effet, il a opté de conserver sa demeure historique de préférence à l'acquisition d'une voiture. En le déposant sous sa véranda, je me suis souvenu avec irritation que l'avion de mes filles atterrissait à Orly à dix-huit heures. Ma montre marquait dix-neuf heures. Du fait des encombrements, conséquence d'une politique autoroutière beaucoup trop timide, j'ai atteint l'aéroport avec deux heures quinze de retard. Dans sa petite robe à fleurettes rose et blanche, Justine patientait sur un banc, l'air tragique mais doux.

– Mon petit Papa, j'étais sûr que tu viendrais. Agathe a pensé que tu nous avais oubliées, elle est partie en taxi. Elle était un peu remontée contre toi, surtout, ne la gronde pas !

Je n'ai pas très bien saisi les motifs du courroux d'Agathe. Tout de même, je ne suis pas ministre des Travaux Publics ! Nul ne peut me blâmer des embouteillages consécutifs à l'incurie gouvernementale en matière d'infrastructure routière. Néanmoins, j'ai préféré devancer ses réprimandes et avec l'aval de sa sœur, je me suis précipité chez un bijoutier de l'aérogare.

– Pour Agathe, une jolie gourmette en or sera toujours à la mode. Et toi Justine, que désires-tu ?

Ma fille aînée est trop raisonnable. Son comportement reste un peu gauche mais touchant. Elle m'a fait comprendre que je valais plus qu'un bijou et qu'elle ne souhaitait rien. Cependant, cette abnégation me déconcerte. Agathe elle, est plus intelligible. A Castel-Chevreuse, elle m'a d'abord fait les gros yeux avant de se radoucir à la vue de mon petit présent. Ayant tant souffert de la bourse plate de mes parents, loin de moi l'idée de la critiquer. Je savoure son contentement tout en consultant mon agenda *Mustdo*, cadeau raffiné de Suzette Petitpas. Sur ses feuillets à tranche dorée, je découvre avec stupeur l'invitation à déjeuner de Dupont-Lévêque, le magnat des travaux publics. Aucun doute, c'est inscrit pour demain. Bien que je me sente penaud vis-à-vis de mes filles, je ne peux faire à cet homme puissant l'affront d'une annulation. A titre d'échange, j'ai promis à Agathe de la faire inviter au bal des Blancs Lilas. Justine n'est pas intervenue, elle lit sagement sous les frondaisons du grand cèdre. Claudine qui a soit l'ouïe fine, soit l'intuition exacerbée, m'a pris à part au sujet du bal. Elle me souligne avec sa pertinence habituelle, qu'une jeune fille pertinence habituelle, qu'une jeune fille de quatorze ans n'y serait pas la bienvenue car « Les aristocrates sont très à cheval sur les convenances. En revanche, c'est éventuellement la place de ton aînée. » A cette proposition transmise aussitôt à Justine, celle-ci a rougi soudain, son large visage doux a tremblé et elle s'est mise à pleurer. Agathe elle, s'est figée, sans s'en prendre à moi. Elle a subodoré tout de suite une intervention extérieure. Ma cadette est une fine mouche.

– Elle n'aurait pas pu venir me l'annoncer elle-même, cette guenon !

Qu'Agathe utilise la même métaphore que Jean-Paul Suraud m'étonne. Claudine s'habille et se chausse avec des articles de haute marque, se fait coiffer par Georges Figaro en personne, bref elle est en tous points impeccable. En société, elle impressionne toujours autant. Donc, rien de simiesque chez elle. Toute erronée qu'elle soit, impolie de surcroit, la remarque d'Agathe dénote un caractère fort et décidé. Cela n'est pas pour me déplaire. Elle tient de moi ma cadette, en plus emporté et moins rationnel. Le plus amusant de l'histoire est qu'Agathe a finalement réussi à s'introduire chez le comte. Elle s'était faufilée à l'arrière de la Jaguar, blottie au ras des sièges. Quand l'huissier a beuglé son nom à l'entrée du grand salon turquoise, j'ai presque avalé de travers avant de ressentir une légitime fierté paternelle. Avec des fleurs écarlates piquetées dans sa longue chevelure brune, elle resplendissait dans sa robe blanche garnie de broderie anglaise. En dépit de son jeune âge, le comte ne l'a pas dédaignée au point de lui faire les honneurs de son petit salon. Il désirait qu'elle découvre en sa compagnie ses miniatures persanes. Décidément, ces aristocrates pratiquent de délicieux usages ! Après cet intermède culturel, Agathe a réapparu, pas intimidée pour un sou ; juste un peu nerveuse, elle s'est repoudrée et a réajusté sa robe. « Une vraie petite dame ! Je suis certain qu'elle ira loin.» ai-je soufflé à Claudine qui sans un mot, m'a brusquement entraîné vers le buffet.

L'Express vient de publier un article à propos de la crise de cinquantaine. Parvenu à ce stade de la vie, on serait souvent assailli par une certaine torpeur, une sorte de doute, un besoin de se pencher sur son parcours, la nécessité de faire le point, de dresser un bilan. En ce qui me concerne, bien que seulement âgé de quarante cinq ans, j'ai bien ressenti des picotements de nostalgie. Étant précoce en toutes choses, j'ai supposé qu'il s'agissait d'un même phénomène avec pour différence qu'aucune torpeur ne l'accompagne, encore moins un doute. La tentation de l'inaction n'est visiblement pas inscrite dans mes gènes. Malgré tout, les images de mon enfance se sont projetées en moi, avec papa pédalant sous la pluie au retour de son bureau ou maman repassant mes chemises dans la cuisine, emmitouflée sous une doudoune élimée. Mes pauvres parents ! Comme depuis quatre ans, je n'ai pas eu une minute libre, mes relations avec eux se sont distendues. Cette situation est naturellement involontaire et liée aux circonstances de la vie. Je n'ignore rien des sacrifices financiers qu'ils ont consenti pour m'assurer de bonnes études. Je reconnais également la haute compétence intellectuelle de mon père. Aussi ai-je résolu de leur témoigner ma reconnaissance en leur signant un gros chèque destiné à l'achat d'une voiture dont j'ai suggéré le modèle en joignant un prospectus. Je les vois déjà s'installer dans leur Peugeot 505, berline sérieuse et robuste, peinte en gris métallisé. J'ai agrémenté cet envoi d'une splendide lettre d'accompagnement en papier glacé décorée du logo de ma marque. A leur place, je serais fier de mon fils. Donc, pour moi, pas de crise morale en vue. Au contraire le sentiment du devoir accompli au terme d'un parcours ardu, d'une ascension difficile mais finalement victorieuse. Il ne s'agit actuellement que d'un succès français mais avec de belles perspectives européennes et pour couronner cet édifice une extension à Hong-Kong. Je n'ai pu résister au délice de leur annoncer cet exploit à venir en rouvrant l'enveloppe déjà cachetée pour y ajouter le dépliant édité pour convaincre mes investisseurs.

En dehors de ce geste exceptionnel, bien que je ne fréquente plus mes parents, même épistolairement, je suis loin de les oublier. Ainsi, ma secrétaire adresse régulièrement à ma mère des fleurs suivant un calendrier immuable. A Pâques ce sont des pâquerettes évidemment, mais roses pour l'originalité, au premier mai trois brins de muguet, pour le quatorze juillet un bouquet tricolore de lis, bleuets et roses rouges, à la Toussaint une gerbe de chrysanthèmes. Le cycle se termine le vingt-cinq décembre par des roses de Noël avant de repartir de nouveau. Mon père ne demeure pas en reste dans mes attentions. En effet, elle lui expédie en début d'année un calendrier en crocodile suivi, dès l'arrêté des comptes d'octobre, d'une plaquette couvrant l'intégralité des résultats financiers de Youpi S.A. Y compris le sacro-saint rapport des commissaires aux comptes, s'il vous plait ! De la sorte, mon père est traité à l'égal des actionnaires de référence. Claudine elle, continue à visiter régulièrement ses père et mère mais elle insiste pour que cela se déroule en mon absence, ayant déclaré qu'elle ne voulait nullement m'imposer la corvée des beaux-parents. J'ai eu la maladresse de tenter de rectifier la donne en distillant une remarque anodine :

– Une corvée, absolument pas. C'est pour moi un réel plaisir de les fréquenter.

– Un réel plaisir, à ce point là ! Mais, par hasard, t'es tu demandé si la réciproque était vraie ?

La clarté de la mise en garde m'a envoyé au tapis et dissuadé d'entreprendre tout contact de façon unilatérale. Quand je considère leur influence dans les milieux d'affaires et gouvernementaux, cet embargo est frustrant et ce n'est certes pas l'envie qui me manque de le contourner. Néanmoins, le sujet est délicat et je ne sais comment agir pour réamorcer le processus avec mon épouse. En effet, nos rapports sont devenus imprévisibles et assez distants, bien que toujours empreints de déférence au demeurant. Cette observation se rapporte surtout à moi-même, qui ressens une sorte de modestie gênée par rapport à Claudine. En dépit de nets progrès de ma part, il est à craindre que nos situations patrimoniales ne diffèrent encore considérablement à mon détriment. Claudine, quant à elle, adopte d'ordinaire un comportement assez mordant à mon égard, ce que j'attribue à l'éternel féminin qui circule avec vivacité dans ses veines. Sans compter l'atavisme Pontmartin qui soupèse les gens dès le premier regard. Quoi qu'il en soit, afin de combler si peu que ce soit le fossé entre nous, pour son anniversaire, l'idée m'est venue de faire mes emplettes chez Chaumet. A son intention, j'ai sélectionné une magnifique paire de boucles d'oreilles alliant or et saphirs. En forme de poire, chacune sertie de quinze pierres resplendit d'éclat sous nos lustres de cristal. Sans avoir cassé ma tirelire, j'admets avoir dépensé pour ces bijoux l'équivalent du salaire mensuel de dix cuisiniers Youpi pendant un an. Si ma remarque semble un peu triviale, c'est qu'en fait je ramène toujours mes dépenses à l'aune de ce qui m'est si familier : la restauration. En tout cas, ce cadeau est la réaffirmation de mon attachement admiratif pour Claudine. Un peu ému, j'ai tenté le grand jeu. Surgissant de derrière elle, j'ai masqué ses yeux de mes mains encore détentrices du précieux objet et ai lancé un sonore « Joyeux anniversaire, mon cœur adoré ! » Obnubilé et excité par la somptuosité de mon présent, je ne me suis pas rendu compte que l'écrin appliqué un peu vivement sur son visage pouvait la blesser. « Imbécile, tu m'as fait un mal de chien ! » a été sa réaction initiale heureusement vite rectifiée par un « Pas laides tes babioles. Pour une fois, ce n'est pas du toc. De très belle facture même, monsieur Nouveau-Riche a dû se faire conseiller. » C'est avec exaltation que j'ai retenu l'éloge sur la qualité du cadeau, le reste n'étant qu'un propos de nature subjective. Du reste, contrairement aux usages, c'est elle m'a invité à la *Tour d'Argent.* Voilà plus de trois mois que je ne l'avais pas tenue par le bras. En pénétrant dans cet établissement où les regards blasés vous déshabillent avec une froide élégance, je me suis senti fier de mon statut social. Dans le taxi qui nous ramenait à Castel-Chevreuse, elle m'a fixé droit dans les yeux et détachant ses syllabes, a déclaré avec une froide onctuosité « Vois-tu mon cher, c'est cela un restaurant. Dans la mesure où tu es apte à faire la différence, s'entend ! »

XIV

Je me suis lancé dans l'aventure de la restauration il y a vingt ans jours pour jour et y ai vite obtenu une position dominante. Pour le Français moyen, voire la majorité des entrepreneurs de ce secteur difficile, une telle situation serait enviable. Car mon succès est d'autant plus indéniable que je me suis fait tout seul. Je possède deux-cent-dix restaurants en France et cinquante dans le reste de l'Europe. Á ma place, beaucoup triompheraient d'aise. Quant à moi qui aspire aux sommets, ce moment ne représente qu'un passage, un palier précédant une nouvelle ascension.

Malgré ce succès, je vis des jours déplaisants tant il est notoire que les ratés jalousent le succès et l'insultent, faute de pouvoir l'égaler. Les analystes bousiers qui sont à l'affût des faiblesses des entreprises comme les hyènes flairent les charognes m'ont épinglé dans leurs commentaires. Ils prétendent déceler "des signes d'essoufflement dans mes performances financières". Aussitôt, j'ai commandé au cabinet Green, White & Schwartzkopf un audit détaillé sur les causes de ce prétendu fléchissement. Le verdict est tombé ce matin, pas dramatique mais sévère. Il souligne le tassement des résultats dû selon lui, à une désaffection d'une partie de la clientèle. Les cadres supérieurs, les patrons, les hommes d'affaires à fort pouvoir d'achat, tous ceux qui ont fait la réussite de mes premières années se seraient évanouis. Ces gens sont des traitres. Je me suis battu dans le but d'épargner à une clientèle débordée temps et indigestion. J'ai inventé la restauration fluide et moderne. Voilà leur réponse ! Tous ces constats que je devinais sans vouloir me les avouer me rendent amer. Car en dépit de mon succès populaire, je n'ignore pas que les élites me boudent. Simultanément des critiques assassines sont venues ternir l'image de mes établissements. Décidément, la France est un pays d'arriérés ! Jusqu'aux humoristes ou prétendus tels qui ont le culot de m'attaquer dans des sketches minables. Fernand Luron m'a pris à partie dans l'un d'entre eux qui fait fureur. Il se termine ainsi : *Chez Pou-Yi, c'est tout pourri. Sa malbouffe, on en étouffe. Même le caniche fuit vers sa niche.* Je voulais l'attaquer en diffamation. Mon avocat m'a mis en garde car ma marque n'est pas nommément citée et Pou-Yi a vraiment existé. Lors de la décrépitude de son empire chinois, il est à parier que la qualité de ses cuisines s'est ainsi détériorée, d'où le pamphlet. De plus, cette attaque contre une vedette si populaire se retournerait contre moi. Mais bon sang, cette attaque, elle ne tombe pas du ciel ! Il est limpide comme de l'eau de roche qu'elle est téléguidée par mes concurrents jaloux de mes succès. Et elle survient cependant à un moment déplorable alors que je suis en bonne voie pour m'implanter dans plusieurs pays asiatiques. Au Japon, j'ai déjà investi quinze millions de francs et selon mon plan stratégique, il est prévu que je m'endette comme jamais dans ma carrière.

Il est des moments où l'homme d'action, prodigue de son travail et résolu dans son cœur se sent incompris et vacille dans le doute. C'est mon cas. Quand, malgré les appuis supposés fermes de multiples relations, les flèches volent de toute part, on ne saurait rester indifférent. Je souffre et je rage. Pourtant, une fois passé un bref désarroi, j'ai résolu d'affronter la tempête. Après tout, même s'il s'avère que je suis resté sourd devant la réalité - la prétendue réalité perçue par de vieilles oreilles fatiguées - je dois avoir le courage de l'écouter. Je vais donc m'infliger le supplice d'affronter dans toute sa partialité, la rubrique gastronomique du *Figaro* que mon adjoint a qualifié d'assassine. C'est à se demander l'utilité du Rotary dont Alain Couptife est un membre actif ! Comble de l'ironie, je lui avais même fait les honneurs de mon bureau de La Défense le mois dernier, à ce fourbe de rédacteur en chef. Et la loyauté dans tout cela !

"Non monsieur Laréquit, la France n'est pas terre propice à l'adoption de nourritures étrangères, frustes et inélégantes. Vous confondez ingurgiter et déguster, bouffer et savourer. Jamais la patrie du bœuf bourguignon, de la choucroute alsacienne, du petit salé aux lentilles et de la tête de veau sauce gribiche ne succombera aux maléfices du hamburger ou autre viande hachée de bas de gamme. Du reste, la ménagère française veille, rouleau à pâtisserie en mains. De toute sa dignité culinaire, elle se rebiffera contre toute invasion honteuse dans nos assiettes. Elle lèvera très haut sa saucière, sa poêle, son chaudron ou sa casserole pour empêcher que ne s'insinuent dans son foyer aliments surgelés et autres plats prédigérés. Monsieur Laréquit, laissez-les en paix, fuyez avant qu'elles ne vous chassent. Oui, il est loin le temps où la plus belle avenue du monde sera souillée par l'apparition d'une cantine du genre Youpi. Les émules de Brillat-Savarin et la mère Poulard ne se laisseront pas impressionner par les Mickey et Barbie du fourneau !"

La seule vérité véhiculée par ce torchon est que Youpi n'a pas encore obtenu l'autorisation de s'installer sur les Champs-Élysées. Cela résulte d'une tracasserie administrative comme seuls savent en distiller nos bureaucrates. Mais le projet progresse et viendra sous peu contredire ces inepties. Une ouverture simultanée sur les Champs-Elysées et à Tokyo, voilà qui sonnerait comme une spectaculaire revanche ! Voilà de quoi clouer le bec perfide des écrivaillons à la solde de Couptife.

En attendant cette revanche, comment cueillir quelques fleurs colorées au milieu de cet océan de grisaille ? Pas auprès de Claudine, je le crains. Ce quinzième anniversaire de mariage, je ne lui souhaiterai pas. J'appréhende par trop ses réactions inattendues. Du reste, elle a décidé de faire un saut à Londres pour y acheter quelques paires de chaussures. J'ai trouvé ! Une fois n'est pas coutume, je vais faire la surprise d'un appel téléphonique à Justine. Ma fillette est apaisante, elle saura me calmer. Á son propos, je ne parviens plus à me souvenir de sa date des fiançailles avec son Boris. Il faut dire que je possède deux agendas, le gros noir pour les affaires, donc les sujets importants et le petit bleu ciel pour la vie privée. C'est ce dernier que j'égare souvent. Du fait de son faible encombrement, il se glisse dans des interstices incroyablement exigus. Pourquoi ai-je adopté une telle méthode ? Élémentaire : c'est qu'ainsi je peux maximiser mon emploi du temps en privilégiant l'essentiel au détriment du secondaire. C'est seulement quand j'aperçois un vide dans le gros agenda que je me reporte au petit. Il arrive bien que des rendez-vous professionnels chevauchent avec des rencontres privées, mais de menues erreurs constituent le prix à payer à l'efficacité. Au temps pour moi ! Aujourd'hui aucun interstice n'était en cause. Odette, ma secrétaire vient de me tendre mon agenda bleu ciel, le sourcil froncé. Elle l'a découvert hier au fond de la corbeille à papier. En me reportant à la date d'aujourd'hui 15 mai, je ne peux que déplorer le fameux chevauchement. D'un côté le Conseil d'Administration d'Ansenne & Bretelle, programmé dans une heure, de l'autre la fameuse réception de fiançailles. Cette fête débute dans précisément cinq minutes ce qui me donne juste le temps de présenter mes excuses. Au téléphone, ni Justine ni Huguette ne répondent. En catastrophe, je diligente ma secrétaire en vue de l'envoi d'une gerbe à Laval et je bondis dans ma voiture pour filer au Conseil. J'ai insisté auprès d'Odette pour que le bouquet de fleurs soit royal. Il lui arrive de me restreindre au nom des économies. Là, je lui ai alloué un budget à trois chiffres avec obligation de le dépenser. Justine qui se sent proche des beautés de la nature appréciera le geste. Ma fille ne va pas s'unir avec le gotha de la Mayenne. Pourtant, j'ai de la sympathie pour ce Joris, un garçon solide, capable de surprendre son entourage. Le bougre a été culotté au point de faire fi de mon aide financière. Vouloir se lancer seul dans une vaste entreprise plomberie-sanitaire est le signe d'un joli tempérament de fonceur. Je me suis un peu reconnu en lui au même âge. Pour revenir à mon agenda, il est à noter que mon épouse figurait jusqu'à présent dans le gros noir, avec les sujets importants. Mes rendez-vous galants occupaient le domaine privé. Compte tenu de mes soucis actuels, de ce tohu-bohu général, il ne serait pas insensé de s'interroger sur une inversion des facteurs.

Chez Ansenne & Bretelle, je me suis senti nerveux et étrangement, par une sorte d'impulsion d'adolescent j'ai voulu frapper un grand coup. Comme je trouvais irréaliste leur projet de fusion avec Hosenträger u. Schäfer, j'ai mis ma démission dans la balance. Je savais mon geste fou et discourtois. La quasi-totalité des administrateurs se contente de percevoir ses jetons de présence et de voter les propositions sans barguigner. Cette provocation dénotait chez moi une confusion d'esprit car il n'est pas dans mon genre de jouer au trouble-fête. La sanction n'a pas tardé. Une fois l'assemblée ressaisie, mon option a été balayée et moi avec. Personne n'a cherché à me retenir. En quittant la salle, assez fort pour que je le perçoive, j'ai entendu "Ce pauvre Laréquit, qu'est-ce qui lui prend de vouloir jouer au Robin des Bois ?"

Ces fâcheux évènements m'ont convaincu de me ressourcer quelques jours à Castel-

Chevreuse. Comme la trop grande quiétude du parc m'emplit de désarroi, j'ai préféré émigrer vers mon bureau, apaisé par un fond sonore de Mozart modernisé par André Rieu. J'hésite entre deux projets. L'un défensif, l'autre offensif. Le défensif serait de souscrire une assurance-décès en faveur de Justine et d'Agathe. Un gros contrat bien ficelé qui leur assurerait une existence paisible avec ou sans moi. Plus justement, après moi car sinon pourquoi souscrire un tel contrat ? Mais au fait, pourquoi ne pas y adjoindre Huguette pour un petit montant, une espèce de bagatelle généreuse ? Ici et là, il m'arrive de ressentir une tendresse nostalgique pour cette personne droite et méritante. Mon honnêteté me contraint à corriger cette inexactitude. Mis à part cet instant précis, je ne pense pour ainsi dire jamais à elle. Qu'elle s'invite soudain en moi de tout son sourire éploré n'en est que plus mystérieux. A se demander si la crise de la cinquantaine ne débarque pas en moi pour une seconde fois, accompagnée ici d'étranges symptômes.

Mon second projet est un projet d'attaque. Un ambitieux programme de développement et de conquête. Il consiste ni plus ni moins à nommer Agathe à la tête de Youpi-France. A l'usage de tous les sceptiques et autres froussards pusillanimes, je dis et répète que j'ai bien cité Agathe, ma fille cadette, âgée de vingt-trois ans, titulaire d'une simple licence d'anglais. Au choc que la nomination d'un élément féminin va engendrer, j'ai encore le sentiment d'être un précurseur. Youpi-France qui représente le pôle opérationnel de mon entreprise dans l'hexagone s'endort. Par ma décision, je vais le réveiller. Mieux que des diplômes, ma fille possède l'énergie d'une combattante. Mon idée est de racheter le paquet d'actions que Claudine y possède et de le léguer à ma cadette. Grâce à ce montage, je pourrai me concentrer sur l'international et ne piloter que les décisions stratégiques. Je reconnais que le coup est audacieux, ce en quoi il s'accorde à mon tempérament de pionnier. L'énorme avantage de cette nomination tient en un seul mot : confiance. La confiance absolue que je porte à ma fille. Une loyauté intacte et partagée. Ce n'est pas elle qui me trahirait comme un vulgaire Couptife ou ce pitoyable PDG d'Ansenne & Bretelle. Elle sera entourée de brillants conseillers. Si au début, il s'avère qu'elle est légèrement dépassée par les actes de gestion, au mieux elle apprendra sur le tas, au pire elle me tiendra au courant des cachotteries de mes associés.

Claudine est rentrée de Londres très sereine dans son comportement et très en valeur sur le plan du chaussage. Les bottiers londoniens font des miracles. Ses pieds qui d'ordinaire frappent par leur envergure, attirent moins l'œil, comme affinés par d'élégants souliers vernis à brides. Bref, ils semblent occuper moins d'espace. Je la félicite sur son bon goût et la qualité de ses achats qui ont justifié pleinement son déplacement. Elle a sans doute intercepté mon regard appuyé, presque interloqué, sur l'extrémité de ses jambes et en a conçu de l'agacement. Car c'est d'un air aigre-doux qu'elle m'annonce avoir été reçue chez Lord Princeton, "qui en parfait gentleman est lui, incapable d'aucune allusion blessante". Je n'ai pas souhaité polémiquer avec cette femme si habile à lire dans mes pensées. Cette entrée en matière n'est pourtant pas de meilleur augure pour faciliter l'opération de rachat des parts de Youpi-France. Du reste, sa riposte à mes plans n'a pas tardé.

– Mon cher ami, tant qu'il s'agissait de développer ta petite boîte à la hussarde, sur le mode charge de la cavalerie lourde, je t'ai suivi. Ce n'était raffiné ni dans l'objet, ni dans la manière. Mais c'était au moins cohérent. Pendant un certain temps, ton machin a évolué gentiment. Et puis soudain, voilà que le succès te monte à la tête ! Tous les ingrédients du gâtisme précoce semblent réunis. Donc, je crie au fou. Et j'ajoute qu'il n'est pas une seconde question de confier les rênes à une écervelée. Une perruche qui n'a pas les idées en place et jacasse en permanence pour me critiquer, une coquette incapable de réfléchir ! Avec elle à sa direction, ton machin coule à pic dans le semestre. Ce n'est évidemment pas pour les quelques millions que je t'ai consenti la faveur d'y investir que je m'inquiète. C'est pour ta santé mentale. Pour ma réputation aussi : n'oublie pas que légalement je suis encore ton épouse, même si l'accomplissement de tes devoirs conjugaux semble contrecarré par une déficience chronique à pouvoir les satisfaire.

Le vase de Chine époque ming avec son dragon vert crachant des flammes vermillon s'offrait à moi, posé sur son guéridon en bois de rose. Si facile à empoigner par son col aminci, sa porcelaine centenaire aurait dû se fracasser sur le sol, désagrégée dans un léger émiettement sonore. Qui n'a pas rêvé d'un tel geste au moins une fois dans sa vie ? En un éclair, j'ai conçu cet acte définitif, imaginant qu'il m'aurait tout à la fois délivré de moi-même et de Claudine. J'ai fixé l'objet précieux ; mes mains s'en sont approchées, allant jusqu'à former une voûte cintrée autour de lui, près à le frôler. Impassible, Claudine a continué à contempler les rosiers, puis faisant claquer le fermoir de son briquet Cartier, elle s'est allumé une cigarette, réussissant à la fin de sa première bouffée à former dans les airs un rond idéal. Un petit cercle fantomatique qui a cheminé en silence vers l'air libre. Outre son sang froid, c'est ce rond de fumée parfait qui m'a déstabilisé. Contre une telle magicienne, on se sent désarmé. Du coup, l'idée que je dirigeais à grands pas vers les sommets du ridicule s'est insinuée en moi. Car, une fois le vase brisé, que me serait-il resté à faire ? Avec une anxiété impuissante, je me suis représenté Claudine en train de sonner Gina, lui désignant avec nonchalance les débris avant de lui ordonner d'un ton neutre de les balayer. Lâchement, j'ai alors renoncé à la destruction préméditée.

En cet instant précis, nous avons entendu d'impatients coups de klaxon rugir à la grille d'entrée. C'était le signal d'Agathe pour exiger l'ouverture du portail. Claudine, qui lui a maintes fois interdit de se manifester de façon aussi ostentatoire, m'a regardé d'un air rogue en murmurant "Quelle coïncidence ! Mademoiselle Sans-Gêne s'imagine déjà avoir décroché le cocotier et tient à le faire remarquer au voisinage. Réaction typique des petites gens qui se croient arrivés". J'ai beau avoir cédé pour le vase ming, en ce qui concerne sa nomination, je tiendrai. Sans le veto infondé de Claudine, j'aurais pu en ce moment, accueillir Agathe en tant que dirigeante d'une de mes filiales. Je recevrai néanmoins ma fille avec tous les honneurs dus à son rang virtuel. C'est donc en agitant la sonnette de façon assourdissante que j'ai convoqué Gina afin de lui enjoindre d'aller ouvrir le portail en lui rugissant un péremptoire "Mais hâtez-vous donc, c'est mademoiselle Agathe !" Avant de s'exécuter, la bonne a jeté sur sa patronne un air interloqué valant demande d'approbation. Claudine s'est contentée d'abaisser les paupières avec dédain.

C'est la première fois que je tiens tête à Claudine. Ma gorge est sèche, ma tête bourdonne, mes jambes flageolent. Pourtant, je ne le regrette pas. Jusqu'à présent, en cas de désaccord, la discussion restait toujours policée bien que farcie de sous-entendus acérés. Du reste, ma manie de céder la plupart du temps aplanissait bien des conflits. Soyons francs, ce n'est pas la plupart du temps qu'il faudrait indiquer, mais perpétuellement. Car en sa présence, j'ai pris pour habitude de m'aplatir, de lui laisser s'essuyer ses pieds sales sur moi. J'ai servi de paillasson, de décrottoir. Aujourd'hui, pour Agathe, j'ai décidé de me buter et ne me sens pas d'humeur à reculer. Quand je songe aux monstrueux efforts déployés pour séduire Claudine, pour la subjuguer, une vaste bouffée de découragement m'assaille. Pas un instant, elle ne m'a adressé un mot d'encouragement, une miette de soutien, un soupçon d'estime. Du coin de l'œil, je l'observe. Á présent, je crois être mûr pour la haïr. Oui, mille fois oui, Jean-Claude Suraud a raison ! Cette créature a bien un visage de brebis et des pattes de cigogne. Non seulement elle est hideuse et informe mais surtout elle refuse de m'accueillir dans son sérail, au club des gens établis, de ceux qui comptent. Elle me laisse humer le nectar de la fortune, seul dans mon coin ou en compagnie de nouveaux venus, comme moi infréquentables. Brusquement, une idée me traverse l'esprit : et si pour l'embêter je nommais Justine plutôt qu'Agathe ? Oh là, j'exagère ! Justine, la pauvre enfant, timide et douce. Qu'elle reste avec son Joris, son futur entrepreneur de mari ! Demain matin, il me suffira de consulter mon avocat. Il trouvera bien une faille dans la position de Claudine. Claudine, j'aurai tes parts et Agathe dirigera Youpi-France.

XV

Basile, mon chauffeur vient de me déposer à Castel-Chevreuse. Mon agenda prévoit en effet que j'entreprenne une tournée d'inspection régionale avec ma propre voiture. Il est clair que j'aurais pu charger un collaborateur de cette tâche, somme toute, de débutant. Malgré tout, chaque fois que je ressors des oubliettes cette pratique, vestige des temps héroïques, je suis envahi d'un curieux vague à l'âme. Elle me rappelle l'époque de mes débuts, quand je surveillais chaque détail personnellement. Sans compter que je l'estime encore valable, sachant combien il est essentiel de garder contact avec le réel, particulièrement en période de doute et de critique. Quant à mon coupé Mercedes, si je tiens à le conduire de mes mains, c'est uniquement une question d'agrément. Rien que d'entendre tourner ce moteur V8 procure d'incomparables sensations. Il ronronne comme un gros chat, ou un lion si celui-ci ronronne, à la fois doux et puissant. Je ne mentionne même pas ses accélérations qui épateraient le plus blasé. Il m'arrive de ralentir afin d'observer la mine déconfite et envieuse du conducteur dépassé dans le rétroviseur. L'agrément de posséder cet éblouissant engin augmente encore en centre-ville où je trouve divin de circuler avec une majestueuse lenteur, captant avec délices l'émerveillement des passants. Parfois, je souris à des dames inconnues ou leur adresse un salut de connivence. Toutefois, du fait de l'acuité de mes tracas actuels, ces insouciantes évocations ont presque un aspect surréaliste. J'en suis venu au point de m'interroger sur l'opportunité de maintenir ce rite cette semaine. N'est-ce pas une fuite en arrière, un alibi commode pour me masquer la vérité ? Car la froide réalité est à cent lieues de ces lénifiantes images. D'abord, le directeur de ma Centrale d'Achats m'a présenté sa démission : il passe à la concurrence. Ensuite, ma filiale allemande a publié son troisième exercice consécutif de pertes. Surcroît d'infortune, par suite du blocage de Claudine, le projet de promotion d'Agathe aux manettes de Youpi-France bat de l'aile. Et je tais le pire, le désastre, la Berezina engendrée par l'entrevue de ce matin avec mon banquier. Bref, tout part en quenouille. En sortant sur la rue, au premier freinage, la pédale m'a paru un peu molle. Curieux, la voiture vient pourtant d'être révisée.

Avant d'entamer ma fameuse tournée aux effluves de nostalgie, je dois me purger d'une pesante obligation : siéger à un second conseil d'administration. Moi qui jusqu'ici, ressentais fierté et fringale à figurer dans ce genre d'instance, je subis celui-ci comme une corvée. Les séquelles de mon échec chez Ansenne & Bretelle m'ont évidemment laissé de cuisantes séquelles. Je me suis surpris à bailler, faire craquer mes articulations, consulter ma montre, bref à trouver le temps interminable. Inter... minable, comme moi qui me délite, me répand, me déverse. J'abandonne, je renonce, je quitte les commandes. Á l'instant, le Président Berthoud vient sciemment de m'humilier : à chaque fois qu'il sollicite l'avis des participants, il saute mon tour. Puis l'ordre du jour s'est poursuivi par le renouvellement de trois membres du conseil. Mon nom figurait sur la liste des sortants, pas sur celle des entrants. Le vote, qui s'est déroulé à main levée, m'a plongé dans une sorte de brouillard. J'ai entendu citer le nom d'Hugues Portaleaux, directeur de la banque Suez & Briare. Comme un acteur de cinéma, celui-ci est alors entré, salué par de discrets applaudissements. De saisissement, j'ai voulu me servir un verre d'eau. Je tremblotais tant que le contenu de la carafe s'est déversé sur mon pantalon. En titubant, je suis sorti de la salle, j'ai descendu l'escalier d'honneur, me cramponnant à la rampe. Au bout de ce calvaire, je me suis effondré sur le siège de ma voiture, les mains agrippées en haut du volant, le visage plaqué contre ses montants, les yeux clos.

Peu à peu, je me suis mis à revivre l'entretien de ce matin, à partir des minutes où ce même Portaleaux m'infligeait un coup de semonce. Poliment, mais sans équivoque, mon banquier m'adressait un ultimatum. Sur le moment, j'ai cru qu'il plaisantait car cet homme au visage de sénateur romain a le don de l'humour noir. Mais lui, avec un flegme courtois, poursuivait son catalogue de rigoureuses exigences, dardant sur moi ses yeux d'acier. A un moment, j'ai perçu qu'il me tendait la perche de la négociation. Cette hypothèse était d'autant plus vraisemblable que m'éviter un écroulement aurait constitué une solution mutuellement profitable. Me refuser une rallonge provisoire de trente millions était absurde pour tous deux. De son point de vue, m'accorder cette facilité de trésorerie était une broutille. Du mien, il me permettait de surmonter un cap délicat avant de rebondir. Lui qui bénéficiait de la clientèle de toutes mes sociétés n'avait nul intérêt à me couler. En théorie comme en pratique, sa banque avait au contraire beaucoup à gagner à me soutenir dans mon essor. Sauf si… C'est à ce moment que s'est produit la scène du coup de téléphone. Après le choc initial, affalé dans mon fauteuil, j'étais alors trop anesthésié pour analyser de sang froid les évènements. A présent, par une étrange lucidité, je parviens à les reconstituer dans leur détail. Coïncidence ou volonté délibérée, je parierais que l'appel me concernait, comme une sorte de rappel à l'ordre. En effet, aussitôt l'écouteur à l'oreille, de franc, le regard de Portaleaux s'est fait indirect et cauteleux. Sa bouche s'est déformée en un sourire coincé, tel un rictus de coupable. Il s'est mis à chuchoter dans l'appareil, se cantonnant à débiter des généralités face à la voix de l'écouteur qui s'exprimait très haut, pour autant qu'une personne extérieure peut le percevoir, avec semble-t-il le même ton autoritaire que Claudine. Pas seulement, le ton d'ailleurs mais les inflexions, la façon de siffler les s également. Portaleaux qui a tenté d'éloigner son siège de mes oreilles indiscrètes s'est retrouvé coincé contre le mur. Il s'est épongé le front en implorant à la voix « Ne pourriez-vous pas me rappeler ? » Comme l'interlocutrice s'acharnait, en diversion il m'a proposé « Désirez-vous un café ? » Interlocutrice ! Pourquoi ma pensée me dicte-t-elle le suffixe *trice* plutôt que *teur* ? Allons, je raisonne sottement ; comme une mécanique enrayée. En évoquant un appel féminin, je suis en proie au délire. En France, en affaires, les femmes comptent pour quantité négligeable. A part Claudine naturellement. Elles ne téléphonent aux banquiers que pour des rendez-vous galants et là, l'entretien paraissait n'avoir rien de galant.

Après cet interminable appel que je désignerais comme anonyme, il n'empêche que le ton de Portaleaux s'est modifié. De dur, il s'est fait tranchant. De rigoureuses, les conditions se sont faites draconiennes. En conclusion, le coup de semonce s'est mué en coup de grâce : « Si malgré nos avertissements, dans deux jours vous n'êtes pas en mesure de couvrir votre découvert…» Il n'a pas terminé sa phrase. Par lâcheté ? Pour intensifier sa menace plutôt. Il n'ignore pas que le non-dit est plus porteur d'angoisse qu'une formulation précise. Quelle dérision ! Sans le coup fourré de ce faux banquier, prétendument allié, fourbe complice, ex-ami, j'étais sur le point de prendre un nouvel et magnifique envol. Certes, il a le droit pour lui, certes il peut et va me mettre en faillite. A nouveau, j'ai songé à Agathe, déplorant cet obstacle définitif à sa nomination. Avec son regard noir et intransigeant, en voilà une qui possédait l'autorité naturelle pour me seconder… me succéder ?. Certes, comme chacun, je confesse avoir commis des erreurs : dans ce cas précis, c'est bien avant que j'aurais dû envisager sa formation.

La voix de Claudine ! Quelle hypothèse loufoque m'a trotté dans le cerveau ! Franchement, comment et pourquoi la voix de mon épouse aurait-elle atterri dans l'oreille du ponte de la Banque Suez & Briare ? Absurde. Du reste,

Claudine est une femme de possession, de matrimoine, ni une actrice ni une négociatrice. Pour la paperasserie et les formalités, elle ne manque pas de conseillers, de parasites, de profiteurs dont ce Pascal Manigaud, qui lui tourne autour d'elle comme un papillon autour d'une lampe. Manigaud, est-ce que je serais jaloux de cette créature falote et insipide ? Jaloux au sujet d'une femme que j'ai résolu de haïr ? Au fait, est-ce que je hais Claudine ? Ou est-ce que je le prétends seulement pour amoindrir mes torts ? Et elle, me hait-elle ? Nous continuons à cohabiter et participons ensemble à diverses manifestations sociales. Sa nouvelle lubie est de me titiller sur le terrain de mes propres entreprises. Elle me critique également de ne pas m'être lancé dans la politique, "Ce corollaire des affaires", ajoute-t-elle. Ma défense qui reposait sur le fait de n'avoir pas d'opinion, elle l'a vite balayée avec un "Mais mon cher, on a l'opinion de ses intérêts !" Après des généralités, nous nous sommes violemment disputés au sujet des orientations stratégiques de Youpi. Oser m'agresser à propos de ma progéniture, de l'œuvre de ma vie ! Je vais en crever. Ajoutée à notre désaccord à propos d'Agathe, cette altercation constitue notre second conflit de cette ampleur. Lors du premier, je n'avais été tenté que par la destruction du vase ming, hier j'ai haussé la barre en songeant à la gifler. Ce geste qui m'aurait condamné, je ne l'ai pas accompli. Á la place, je lui ai cloué le bec en lui déclarant « Ce n'est pas toi qui a créé Youpi, alors ferme-la !» Mais puissante de son immense fortune, Claudine dédaigne mes injures, je ne vois pas là motif à me trahir, à me contourner avec perfidie… Un toc-toc vigoureux me sort de mes cogitations. Un policier moustachu tambourine sur le pare-brise d'un air sévère, m'enjoignant de libérer au plus vite le stationnement.

J'ai quitté le quartier de l'Opéra pour me diriger vers la Madeleine où je me suis de nouveau garé. Jetant les yeux sur ce temple grec catholicisé, je m'y suis remémoré mon mariage avec Claudine, plein de pompes, de fastes et de dorures. Inoubliable souvenir de fierté. Puis j'ai erré vers la rue Godot de Mauroy. On dit ce lieu réputé pour faciliter les rencontres de hasard avec de belles filles disponibles et distinguées. J'ai avisé une blonde aux yeux charbonneux et à l'air timide qui stationnait dans un cabriolet Alfa-Romeo en lui demandant combien elle prenait. En minaudant, elle m'a lancé « Enfin monsieur ! Je ne suis pas celle que vous croyez ! » Voyant mon air ébahi, elle a vite complété par « Si on peut même pas rigoler ! Pour le fric, ça dépend pour quoi et pour combien de temps mon minou. La marmite norvégienne, c'est plus cher ! » Comme en fait, sa tarification m'était indifférente, je l'ai suivi dans une chambre ornée de noir et d'or. J'ai failli lui demander pourquoi le décor n'était pas rose et sans miroir au plafond mais c'était sans importance. Rien ne comptait plus. Nous nous sommes assis, appuyés sur le dosseret du lit. Je lui ai juste demandé de quitter son corsage et tout en lui caressant les épaules et les seins, j'ai bavardé avec elle de tout et de rien. Sa peau était douce et parfumée et le va-et-vient de ma main me calmait. Elle a évoqué son enfance à Aubervilliers, entre une mère déprimée et un père alcoolique, puis sa petite fille qu'elle fait élever au Couvent des Fleurettes de crainte qu'elle ne tourne mal. La conversation en est venue sur les repas et je lui ai demandé s'il lui arrivait de fréquenter les restaurants Youpi. Sa frimousse s'est chiffonnée et elle a affirmé mécontente : « Les Youpi ! Ben elle est raide celle-là. J'ai beau être une pute, tout de même, on a sa fierté ! » Cette remarque m'a figé. J'ai brusquement reboutonné ma chemise et me suis levé. Devant son visage interdit, j'ai posé cinq mille francs sur la table de nuit et me suis dirigé vers la sortie. En bas de l'escalier, j'ai tourné vers la droite, déambulant au hasard, les mains au fond des poches et le regard rivé au trottoir. Á un certain moment, j'ai heurté un mur. En levant les yeux, j'ai aperçu un âne vert en culotte rayée trônant au milieu de l'enseigne *The Crazy Donkey ;* j'ai poussé la porte, pénétrant dans une pièce sombre et silencieuse. Au garçon qui essuyait des verres, j'ai tendu cent francs et les clés de ma voiture en le priant de l'acheminer jusqu'ici. Tout en empochant adroitement le billet, il m'a serré la main avec un « Damien barman. Désolé monsieur, je ne fais que servir à boire… Dites donc, ça n'a pas l'air d'aller fort ! »

J'ai commandé un cognac, puis un autre. Au troisième, face à cet inconnu, j'ai ressenti le besoin de me justifier. « Les gens m'en veulent d'avoir réussi là où eux ont échoué. Voilà la vérité. Dites moi Damien, est-ce donc honteux ou blâmable d'avoir de l'ambition ? » Compréhensif, Damien m'a rassuré en affirmant que ce n'était ni honteux ni blâmable, comme pour m'encourager à poursuivre.

– Et puis tout compte fait, c'est préférable d'en finir aujourd'hui. Je n'aurais pas aimé atteindre le crépuscule de ma vie. Quand tout se dégrade et se détériore. Pour un crépuscule admirable, avec des ciels enflammés de nuages incandescents, combien de fins de journée anonymes perdues dans les nuages grisâtres. N'est-ce pas, Damien ?

– C'est sûr, monsieur, que le temps n'est pas toujours au beau.

– Comprenez-le bien, non qu'il me plaise d'avoir échoué, mais puisque cela doit être, autant que cet échec se conclue dignement.

D'ailleurs Damien, même si mon empire se délabre, au moins moi, j'aurai été empereur.

– C'est certain, on voit bien que monsieur a la classe de… d'un Napoléon.

– Et surtout Damien, ouvrez grand vos oreilles ! Mon seul tort est d'avoir eu raison avant les autres. Dans vingt ans, la France sera couverte de Youpi ou de leurs équivalents. L'avenir me donnera raison.

– Rien qu'à vous écouter, monsieur, on vous croit déjà !

– Merci, Damien. A propos, quelle est votre année de naissance ?

– 1950, monsieur. Comme Miou-Miou.

– Vous n'avez donc pas connu la guerre et les privations. Ainsi vous ne savez pas ce que c'est que manquer. Manquer, Damien, rien que ce mot provoque encore en moi une terreur physique, une répulsion, un besoin de crier à l'aide. Le pire, figurez-vous c'est que tout n'est pas lié à la guerre. Plusieurs années après l'armistice, mon père a continué à nous restreindre. Tout cela à cause son incapacité à admettre le règne de l'argent. Cet homme avait le dégoût de l'argent, il le méprisait.

– Là-dessus, rassurez-vous ! Ce n'est absolument pas mon cas.

Et le barman de timidement avancer sa paume avant de transformer son geste en me versant un autre cognac. Ma voix s'est faite plus pâteuse.

– Retomber à un niveau médiocre, celui de mes parents, est une idée répugnante. Bien sûr, une telle déchéance, ma Justine aux yeux doux, tu me la pardonnerais comme tu as absous mes absences… Toi Agathe, ma conquérante, jamais plus je ne pourrais te fixer dans les yeux. Tu m'aimais puissant et magnifique, pauvre tu me mépriserais… Toi Claudine, j'ai tant souffert en tentant de t'égaler. Et reconnais-le, alors que tant croupissent sous tes semelles, j'ai vite réussi à me hisser à ton mollet, Puis j'ai atteint tes genoux. Vous vous rendez compte, Damien, j'ai atteint les genoux de Claudine Pontmartin.

– Ses genoux, monsieur. Parfait, magnifique… Quoique personnellement, je préfère la… poitrine.

– Vous, petite cabale de détracteurs et concurrents, vous ricanerez. Mais vous, millions de consommateurs anonymes et fidèles, vous me pleurerez.

Au bout du cinquième cognac, Damien m'a recommandé de m'en tenir là. J'ai acquiescé et avec son aide, je suis sorti. Au loin, la tache jaune citron de mon coupé Mercedes se profile. Je l'ai rejointe et me suis affalé dans ses vastes fauteuils de cuir fauve. Sous l'effet de l'alcool qui engendre en moi une paradoxale lucidité, je roule vers le sud de Paris en empruntant les boulevards périphériques. Cet itinéraire est bien adapté à ma tournée d'inspection qui après tout justifie mon escapade. Mes gestes sont sûrs et mes idées embrumées. Inspecter, mon pauvre Jérôme, mais il n'y a plus rien à inspecter. Inspecte-toi le cerveau plutôt. Tu as échoué, tu es minable, un perdant total. Un petit Icare aux ailes rongées. Celui qui est monté très haut dans le ciel avant de s'écraser au sol. S'écraser, s'écrabouiller, se ratatiner. L'idée est parfaite. Pour cela, je connais un endroit idéal, une route nationale rectiligne après Rambouillet. Idéal pour foncer au hasard, pour lancer un défi à la vie, pour tirer à la loterie de la mort. Oui, c'est exactement le principe de la Loterie avec une bien meilleure probabilité de réussite. Comme à la roulette russe peut-être ? Meilleur encore ! La roulette russe, c'est quoi ? Une chance sur six ou huit ? Là, avec un engin qui fonce à 190 et s'écrase contre un arbre, on frise les neuf chances sur dix. Mourir dans une voiture de luxe est un beau destin. Tel le Camus de la restauration moderne, un pestiféré mort en pleine gloire. Attendre la grande ligne droite plantée de gros platanes, puis braquer très brusquement… Il faudra un peu forcer sur le volant car l'assistance de direction se charge de le raffermir avec la vitesse. Quoi, une assistante ! Je divague avec mon assistante de direction. Diriger, les affaires, c'est fini pour de bon, alors une assistante… Ah non, j'y suis, la direction assistée, il faudra en tenir compte, c'est vrai. Je n'aurai pas attaché ma ceinture, je serai propulsé comme un pantin à travers le pare-brise. Je ne crains pas la mort, je m'élancerai, foncerai vers le néant… Ou l'au delà ?

Par routine, j'ai fouillé dans ma poche à la recherche de mon agenda. Grotesque ! Que faire d'un agenda dans le néant ? D'ailleurs, à la place, je ne fais qu'extraire un chiffon de papier. Ou plutôt, en le dépliant, une lettre. Toute froissée, salie par une poussière grisâtre, elle porte le cachet de la poste 7-8-82. L'adresse est libellée de la fine écriture de mon père. Ce n'est pas une vraie surprise du reste. Je connais bien cet objet, pas oublié mais délaissé au fond de ma poche. De mes poches à vrai dire. Car en y réfléchissant, je me rappelle avoir, un jour d'orage, arraché une enveloppe de la boite aux lettres, puis l'avoir fourrée dans mon veston, un Prince de Galles de chez Lapidus. Comme ce n'était pas une lettre à en-tête commercial, elle ne pouvait être urgente. Ni vraiment utile, ni vraiment gênante, enfin pas au point d'être jetée. Transféré de poche en poche, revoici ce petit rectangle chiffonné dans ce blazer neuf, huit ans après. J'hésite à décacheter l'enveloppe. Lire sa correspondance avec un tel retard a-t-il un sens ? Pourtant c'est de mon père, des mots de mon papa. Ce tremblement ne m'est pas coutumier, des petites étoiles défilent sur mes iris, j'ai besoin d'air frais. J'actionne l'ouverture de la fenêtre. De l'enveloppe, j'extrais un chèque portant ma signature, accompagné d'une explication. *Mon fils, je te retourne ton généreux cadeau car selon ma morale j'estime que dans la vie, tout n'est pas fondé sur…* Un brusque coup de vent m'arrache ce papier que la profondeur de la nuit aspire. Qu'a-t-il voulu dire papa ? Décidément, jamais je ne comprendrai cet homme, auteur de mes jours et mon éducateur, qui a la bizarrerie de refuser de l'argent. Qu'importe, je vais mourir comme j'ai toujours vécu, seul et tout aussi incompris.

Confiant dans la puissance de mon V8, je quitte le bas-côté et démarre en une époustouflante accélération. Simultanément, enchevêtrant crissement de pneus et éblouissement de phares, un véhicule me dépasse. C'est une DS Pallas qui, pour m'éviter, a déboîté brusquement et dans lequel un type gesticule et klaxonne. Stimulé par ce défi, d'un vif coup d'accélérateur, je le dépasse en trombe. De ses phares agressifs, il m'illumine ; j'en profite pour lui lancer un vigoureux bras d'honneur amplement mérité. Puis soudain, je trouve distrayant de freiner brutalement. Propulsé vers l'avant, j'arc-boute mes bras contre le volant pour éviter de me heurter au pare-brise. Derrière, des lumières jaunes dansent un zigzag furtif puis je ressens une légère secousse. Ce chauffard a dû heurter mon aile arrière, esquinter mon superbe coupé, attenter à l'intégrité de ma voiture. Ce lascar ne mérite qu'oubli et mépris. Appuyant à fond sur la pédale, je laisse rugir la mécanique. Je sollicite mes deux cents chevaux qui ne demandent qu'à piaffer, libérant mon bolide loin devant le gesticulateur prétentieux. En quelques secondes, les platanes défilent, de plus en plus proches, jusqu'à former une gigantesque haie d'honneur, une voie royale d'immenses fantômes jaunâtres. Pour intensifier cette impression de supériorité, je me suis placé sur la ligne jaune, en plein centre de la chaussée, éblouissant la route de tous mes phares. Le moment est venu de trouver la vérité. Je m'agrippe à la branche droite du volant, la voiture dévie. Comme il est facile de se tuer.

Lumières… Si vite… L'arbre… Mur… Noir… Feu… Mort… Délivrance…

Justine, Agathe, Maman, Papa… Nathalie.

manuscrit.com
Éditions
Le Manuscrit

Editions Le Manuscrit
- www.manuscrit.com -

Depuis 2001, les éditions Le Manuscrit - www.manuscrit.com - ont, par l'originalité de leur formule, ouvert un nouvel espace de publication dans le paysage de l'édition.

Grâce à un savoir-faire unique qui associe culture traditionnelle de l'édition et maîtrise d'innovations technologiques majeures, les éditions Le Manuscrit - www.manuscrit.com - garantissent la disponibilité permanente des textes sous un double format : le livre papier et le livre numérique, pour une souplesse totale d'édition qui inscrit le livre dans la culture du développement durable.

Un catalogue ouvert aux différents domaines éditoriaux (littérature générale, recherche-université, Europe...) propose, à travers le monde, un fonds de plus de 7 000 références et réunit 5 000 auteurs publiés dans toutes les langues. Chaque livre est protégé selon le code de la propriété intellectuelle et les droits d'auteurs rémunérés. Véritable éditeur de marques, les éditions Le Manuscrit - www.manuscrit.com - et leurs comités de lectures spécialisés créent des collections prestigieuses en partenariat avec les universités, centres de recherches, institutions, fondations et acteurs de la société civile.

Par un référencement ciblé, les éditions Le Manuscrit - www.manuscrit.com - assurent aux ouvrages une diffusion internationale, dans les librairies (référencement Electre, Dilicom, Titelive...) et sur les principales librairies en ligne (Amazon, AbeBooks, Alapage, Chapitre...). Un réseau de partenaires attentifs - libraires, bibliothèques, médiathèques, médias - s'associent aux éditions Le Manuscrit - www.manuscrit.com - pour favoriser la découverte des talents (Prix du Premier Roman Le Manuscrit, Prix du Scénario du Film de Femmes...), la transmission des savoirs, et promouvoir les titres et les auteurs auprès d'un large public.

Dynamique et innovant, le site manuscrit.com, par un accès gratuit et privilégié à la publication, propose une plateforme de contenus interactive et réunit autour des blogs d'auteurs des sources d'informations sur la vie culturelle ainsi qu'un espace de rencontre privilégié entre auteurs, lecteurs et partenaires actifs.

Les éditions Le Manuscrit - www.manuscrit.com - sont membres du Syndicat National de l'Édition.

www.manuscrit.com
communication@manuscrit.com
Téléphone : +33 (0)8 90 71 10 18
Télécopie : +33 (0)1 48 07 50 10
20, rue des Petits Champs
75002 Paris